オオカミさんと毒りんご

白雪姫

亮士《りょうし》くんとなんだか変な夢の話

「――」
「――」

ふと亮士くんは自分の周りから聞こえる音で目が覚めた。何事かと耳を澄《す》ましてみると、どうやら誰《だれ》かが自分のすぐ側《そば》で会話をしているらしい。

ただ不思議なことに、側に人がいるというのに、亮士くんの悪癖《あくへき》である体の硬直《こうちょく》や思考のへたれ化といった駄目《だめ》すぎる症状《しょうじょう》が起きない。

これはどうしたことかと亮士くんが薄目《うすめ》を開けると、二人の美女が会話しているのが見えた。

「……リンゴはどうかしら?」

一人はプラチナブロンドの髪《かみ》を縦ロールにした綺麗《きれい》なお姉様。その気品漂《ただよ》うたたずまいは育ちの良さを感じさせ、どこかのお姫様《ひめさま》と言っても通用しそうだ。

「リンゴは……ご主人様をいじめて楽しんでますから」

もう一人はつややかな黒髪を腰《こし》まで流したお姉様。その柔《やわ》らかな物腰は血筋の良さを感じさせ、いいとこのお嬢様《じょうさま》といった印象を受ける。

「そうね、でもあれもリョーコのためにマスターを鍛《きた》えようとしているのだと思いますわ」

「それはそうですけど、もう少しご主人様に優《やさ》しくしてほしいです。他《ほか》に候補となりそうなのは……ユキメはすでにワカトと番《つが》いになってますし」

二人の服装はそれぞれ髪《かみ》の色に合わせたらしく白と黒で統一されている。

……この二人は誰《だれ》だ？

亮士《りょうし》くんは疑問に思うが、なぜか体が金縛《かなしば》り状態で動かない。

「ワカトがメスだったら良かったのですけど」

「そうですね、ワカトの作るゴハンはおいしいです」

「いつだったか来てたオツウはどうかしら？　マスターと一緒《いっしょ》の部屋で寝《ね》てたみたいだけど」

「でもご主人様と交尾してはいないですよ？　オツウからマスターの匂《にお》いしなかったですし」

「そうね……じゃあアリスはどうかしら？」

「アリスは……他の方と比べてマスターとの接点が少ない感じがします。それにトードリとかいう人と一緒にいますし。……ではオトヒメはどうでしょう？」

「もう番いになってますわ。オトヒメからウラシマの匂いがしましたし。う～ん。マジョはどうかしら？」

「あの人は、なにかいろいろな臭《にお》いがして嫌《いや》です。この前連れて行かれたビョーインとかいう場所と同じ臭いがしますし」

「ビョーイン……ヨボーセッシュとかいうのはすごく痛かったですわ。確かに……カヤクの匂いは慣れてるのでいいのですけど、ヤクヒンの臭いはいやですわね」

思い出したのか美女二人が顔をしかめる。

「他には……グレーテルはもう番いになってるようですし、マヒルは私たちが嫌《きら》いなのか近づいても来ませんし……」

「最近来たマチコは？　マスターのこと好きみたいだし、時々私たちと遊んでくれるし」

「いいと思います。でも、ご主人様と番いになろうという気はないみたいですよ？　マスターと仲は良いみたいですけど」

「確かに……この前のたくさんヒトが来てうるさかった日、リョーコと二人で話してましたわ。その時に何かあったんじゃないかしら？」

そうやっていろいろ話し合った後、二人の美女は少し考えこんで言った。

「……うーん、やっぱりリョーコが一番ね」

「そうですね。私たちを好いてくれてますし」

「じゃあ、今まで通りリョーコと仲良くして愛想《あいそ》を振《ふ》りまいて、たくさんここに遊びに来てもらうようにしましょうか。マスターはナツヤスミとかいうのに入って家にいてくれることが多くなりましたし」

「そうね、リョーコにはどうにかご主人様と番《つが》いになってもらわないといけません。……なにより私たちも遊んでもらえて楽しいですし」

「そうね」

くすくす笑う美女二人。

「って、もう朝じゃないですか」

「それは大変、ご主人様を起こして散歩に連れてってもらわないと」

美女二人は寝《ね》ている亮士《りょうし》くんにのしかかる。

亮士くんの目に鮮《あざ》やかな赤い首輪が目に入り、さらにその整った顔がすぐ目の前に。そして美女二人は亮士くんの両頬《りょうほお》にキスをして言った。

「マスター」

「ご主人様」

「「起きてください、もう朝ですよ」」

ぱちっ
亮士くんは両頬の柔《やわ》らかな感触《かんしょく》で目を覚ました。目の前には二匹《ひき》の愛犬の姿があった。白と黒の二匹はうれしそうに亮士くんの顔をなめている。
「…………なんでおまえらがここにいるんだ？」

起き上がった亮士くんは二匹をなでつつ寝起きで働かない頭で考え……

「ああ、そう言えば昨日大雨だったから中に入れたんだったな」

窓を見るとカーテンの隙間《すきま》から日が差している。もう雨は上がっているらしい。

「……………変な夢を見たな」

ぽりぽり頭をかきながら亮士くんはつぶやく。

自分のことを白と黒の美女二人が仲良く話し合っていた。実にリアルな夢。

「というか……夢だったのか？」

亮士くんが目の前でしっぽをうれしそうに振《ふ》っている二匹になんとなしに聞くと、

「「わんっ」」

二匹が返事をするかのように吠《ほ》えた。

では本編の始まりです

……と見せかけて、ちょっとだけおまけ

「それにしても……………」

亮士くんは夢の中の二人の美女の姿を思い出してつぶやいた。

「……………メイド服着てたなぁ」

おおかみさん夏休みの夕方にストリーキングと遭遇《そうぐう》する

何で真っ昼間からこんな変な話題が出てるのかというと、御伽《おとぎ》銀行地下本店でだらだらしていたら、頭取さんがいきなり最近変質者が現れるらしいんだよね？　と言ってきたのだ。

「いわゆるストリーキングって奴《やつ》ですの？」

「そ、変質者？」

おおかみさんが頭取《とうどり》さんに聞き返した。

「…………変質者？」

話に出てきたストリーキングとはまぁあれです。街中を裸《はだか》で徘徊《はいかい》したりなんかしちゃう春先に多く現れるらしい生き物です。

「そう、夜道に現れコートをがばっと開いたら中が裸らしいよ？」

その変質者情報に、おおかみさんは微妙《びみょう》な顔をする。

「…………暖かくなったからなあ」

もう春はとっくに過ぎてるんですけどね。ただいま絶賛夏休み中ですし。

では夏休みにおおかみさんたちが何で学校へ来ているのかというと、御伽学園学生相互扶助《そうごふじょ》協会、通称《つうしょう》御伽銀行は夏休みでも活動しているから。……まあ、クラブ活動みたいなものですしね。

それに、ここは居心地いいし来たら誰《だれ》かいるしで、暇《ひま》をつぶすにももってこいなのだ。

「そっそれは大変っスね…………じゃあ、今日からおれが涼子《りょうこ》さんを家まで送りますよ!!」

ここで良いとこ見せてポイントゲットだぜーなんて燃える亮士《りょうし》くん。それに対して、

「私もいるのですけど？」

「もちろん赤井《あかい》さんもついでに！」

「……本人を目の前についでというその根性は評価したいところですけど、もっとましなところに根性《こんじょう》パラメータ割り振《ふ》ってもらいたいものですの」

思いっきりついで呼ばわりされたりんごさんは少々不機嫌《ふきげん》になる。そんなりんごさんを見て亮士くんはあたふたする。確かにりんごさんは怒《おこ》らせると後々怖《こわ》そうです。

「つーかいらねーよ」

さらにおおかみさん本人には拒否《きょひ》られてます。

「まあ、大丈夫《だいじょうぶ》だと思うけどね？」

「確かに涼子ちゃんってば見た目一昔前のスケ番ですものねー。そういう性癖《せいへき》の人はスルーしちゃうかもですの」

頭取《とうどり》さんの言葉に、りんごさんは頷《うなず》く。

おおかみさんの見た目ははっきり言って怖《こわ》い。目つき悪いし。

「けど涼子《りょうこ》ちゃんはそういうのに耐性《たいせい》ないので、絶対とてもかわいらしいリアクションしてくれるはずなんですのよ？　プロの変質者ならそういう内面の方も見ないと」

確かに強気なあの娘が不意に見せるかわいい素敵《すてき》リアクションは良いですよね。どうせ見せるならそんなリアクションくれそうな娘を狙《ねら》わないと!!　…………もちろん一般論《いっぱんろん》ですよ？

「うるせーよ!!　つーか何言ってんだおまえ」

文句言いつつも耐性がないことはおおかみさんも否定しない。自覚はしてるようだ。

「それに撃退《げきたい》方法だって簡単ですの。貧相《ひんそう》なナニを見た後、はんって鼻で笑ってやればいいんですのよ」

さすがりんごさん、毒がだだ漏《も》れてます。

「…………赤井《あかい》さんに鼻で笑われたら再起不能になりそうっスねぇ」

男代表亮士《りょうし》くんは切ない顔をする。どうやら自分に置き換《か》えて想像してしまったらしいですね。見た目だけは清純ロリ美少女のりんごさんに鼻で笑われたらそりゃ再起不能にもなるでしょう。

とまあそんな感じで見事に話がそれてたんですが、聞いてくれよーとどうにか割り込《こ》んで話を続ける頭取さん。その姿に相変わらず威厳《いげん》はない。

「いやいやそういう訳じゃなくて、大神君《おおかみ》が大丈夫《だいじょうぶ》な理由はね…………そのストリーキングさんは女なんだよね？」

ですがまあ威厳がないことと話の内容は関係ないので、

「女ぁ？」

「女っスか？」

「女ですの？」

おおかみさんたちはその言葉に思いっきり驚《おどろ》く。そして次の言葉で固まった。

「うんそう、女？　しかも若い女性でスタイルも抜群《ばつぐん》らしいよ？」

ぴくぴくっ

スタイル抜群のところでおおかみさんとりんごさんは反応する。しばし黙《だま》り込んだ後、そのナイスバディなストリーキングを馬鹿《ばか》にし始めた。

「なんともはや……世も末ですのねー」

「だなー、見せても減るもんじゃなしってか」

……………お二人は減るほどないですもんね。

「胸が大きい人がおばかってのは本当なんですのねー」

「まったくだ、やっぱ胸に栄養取られてるんだろうなぁ」

その後もぐちぐちなんか言ってる二人ですが、表情がヤバイです。非常に嫌《いや》らしい顔してます。これはあれです。少女漫画《まんが》とかでライバル役の少女が主人公のけなげな少女に皮肉を言うときの顔です。間違《まちが》ってもヒロイン側がしちゃいけない顔です。

「涼子《りょうこ》さん、赤井《あかい》さん、もうその辺りで……」

そんな二人に亮士《りょうし》くんは思わず口を挟《はさ》んでしまう。正直負け惜《お》しみ過ぎて見ていてつらい。

「……で、その変質者なんだけどね、目撃者《もくげきしゃ》によると仮面をつけているらしいよ?」

そのストリーキングの姿を想像するりんごさん。全裸《ぜんら》で仮面………

「………それなんてけっこう仮面ですの?」

りんごさん、つっこみがすごく古いですよ?

「でも何でいきなりこんな話を始めたんだ?」

おおかみさんが聞く。まあ、別にナイスバディがどうのこうのでおおかみさんとりんごさんの機嫌《きげん》を損《そこ》ねるのが理由な訳はないだろう。

「んー、まあなにがあるかわからないし気をつけた方が良いかなってね? それにもし見かけて捕《つか》まえたら、どこかに貸しを作れるだろうし?」

「なるほど、そこにつながってるんですのね」

おおかみさんたちが所属する御伽《おとぎ》学園学生相互扶助《そうごふじょ》協会、通称《つうしょう》御伽銀行は人に力を貸すことで恩を売り貸しを貯《た》め、今度はその貯め込《こ》んだ貸しを有効利用し問題を抱《かか》えた生徒の手助けをするという活動をしているのだ。簡単に言うと弱みを握《にぎ》って脅《おど》して力ずくで無理矢理生徒たちを助け合わせてる怪《あや》しい組織といったところか。

　そんな打算に満ちた正義の味方にはほど遠い組織なので、今回の件も善意で変質者を捕まえてやろうとかそんな訳ではなく、あわよくばどこぞに貸しを作ってやろうと思ってるらしい。

「積極的に探しはしないけど、見かけたら捕まえようってことっスね」

「うん、そうだね？」

　とまあこんな感じで話が大体まとまったところで、おおかみさんがだるそうに了承《りょうしょう》した。

「わかった。………まあ、そうそう会うこともないだろうしな……」

ああ、おおかみさん、その台詞《せりふ》は駄目《だめ》ですよ。そんなこと言ってるとフラグ立っちゃってますよ？『おれ戦争が終わったら結婚《けっこん》するんだ』級のフラグには劣《おと》りますが、その台詞もなかなかのものですよ？

　というわけで、またまたなにかに巻き込まれそうな匂《にお》いがぷんぷんしてるおおかみさんでした。

　その日の夕方、空が赤らみかけた頃《ころ》おおかみさんたち三人は並んで帰宅していた。

「涼子ちゃん、今日はそのまま帰りますの？」

「んージムで軽く汗《あせ》流してから帰る」

「じゃあ、ご飯作って待ってますの」

「おう」

「裸《はだか》エプロンでご飯にする？　お風呂《ふろ》にする～？　それとも……。なんて台詞《せりふ》でお出迎《でむか》えしちゃいますの」

「それはマジやめてくれ」

そんな二人の実は一線超《こ》えてんじゃやね？　って感じのゆりゆりなやりとりに、

「ははは……」

なんて引きつりながら笑ってた亮士《りょうし》くん。ゆっゆりなのか？　マジで百合《ゆり》なのか？　おれの想《おも》いは届かないのか？　いやいや、なればこそおれが愛の力で涼子《りょうこ》さんをまっとうな道に戻《もど》さないとなんて考えてた亮士くんだったが唐突《とうとつ》に足を止める。

そしてへたれで頼《たよ》りなげで卑屈《ひくつ》なだめ人間の表情をきりりとしたものに変え、曲がり角の方を鋭《するど》い目つきでにらむ。

「どうした亮士？」

「……下がってくださいっス」

珍《めずら》しく真面目《まじめ》な亮士くんの声に、おおかみさんとりんごさんは後ろに下がる。なんか亮士くんがかっこいいです。

「誰《だれ》だか知らないっスけど、そこにいるのは分かってるっスよ」

曲がり角の向こうに向けて放たれた亮士くんの言葉にはっとし、亮士くんと同じ方向を見るおおかみさんとりんごさん。

「……まさか」

「うわさの露出狂《ろしゅつきょう》ですの？」

「さあ、わからないっスけど、人が通りがかるのを待つように曲がり角に隠《かく》れてるというのはとても怪《あや》しいっスよね」

亮士くんは小声でおおかみさんとりんごさんに応《こた》える。手は腰《こし》のウエストバッグにかかっていて、いつでもスリングショットを取り出せるようにしている。

これは人の気配に敏感《びんかん》すぎる亮士くんだから気づけたんでしょうね。それにしても亮士くんがすごくかっこいいですね。もしかするとおおかみさんの中の好感度が何ポイントかプラスされちゃってるんじゃないですか？

「おい……」

そのかっこいい亮士くんがもう一度声を掛《か》けようとした瞬間《しゅんかん》。

「…………」

路地から何か出てきた。しかも無言で。

足下まである長いコートをはためかせ出てきたのは、仮面をかぶった裸の女性だった。

間違《まちが》いなくモザイクかかりますし、少年漫画《まんが》では角度とか髪《かみ》とかコマ割とかで上手《うま》く隠すんでしょうが、もちろん亮士くんの目の前にはそんな都合の良いものがある訳ない。

「ぐはぁ」

生で無修正目撃《もくげき》はさすがにきつかったのか、思春期真っ盛《さか》りの亮士《りょうし》くんは鼻血を出して倒《たお》れる。すごくかっこわるいです。先ほどまでのかっこよさが一ミクロンも感じられません。

その亮士くんの反応を見た後、変質者はやっぱり無言で走り去る。

「……………………」

取り残されたのは鼻血出して白目をむいた亮士くんと、ぽかーんとしてるおおかみさんとりんごさん。

「………」

「………」

「……はっ!! 涼子《りょうこ》ちゃん、追いかけませんと」

「おっおう」

いち早く我に返ったりんごさんの声におおかみさんが変質者を走って追いかけていった。

「がんばってくださいのー」

りんごさんは手を振《ふ》る。機動力のないりんごさんは追いかけるなんて無駄《むだ》なことはしないのだ。

「にしても本当に現れるとは……」

あまりの都合の良さというか間の悪さに、りんごさんは思わずそうつぶやいてしまう。でもすぐに、こんな変なことに巻き込《こ》まれるのも涼子ちゃんらしいですのーなんてほくほく顔に変わる。今度はどんなおおかみさんが見られるのか楽しみでならないのだ。

そんな感じでしばらく妄想《もうそう》した後、りんごさんは道路のど真ん中で鼻血出して白目をむいて気を失っている亮士くんを見おろして言った。

「……で、どうしましょうですのコレ」


場面は変わって変質者を追跡《ついせき》しているおおかみさん。

相手の足が思いのほか速く、またおおかみさんが我に返るまでのタイムラグもあり、まだ相手を捕捉《ほそく》できていなかった。

「くそっどこいきやがった」

もうずいぶん走ったが、ストリーキングさんの姿は全く見えない。

「どっかに隠《かく》れやがったか？」

この辺りは路地が入り組んでいて隠れるにはうってつけ、逆におおかみさんから見れば見つけづらい。おおかみさんはキョロキョロ周囲を見回し、ちょうどそこを通りがかった女性に声を掛《か》けた。

「おいあんたっ」

「…………なんで……すか？」

おおかみさんが声を掛《か》けたのは、テレビの中からはい出てくるあの人みたいに前髪《まえがみ》だらーんでむちゃくちゃ雰囲気《ふんいき》の暗い女性だった。暗い路地でいきなり遭遇《そうぐう》したら本気でビクッとしそうな感じだが、他《ほか》に注意が向いているおおかみさんは全く気にしてないようだ。

「変質者見なかったかっ!? 裸《はだか》の上にコート着た仮面の変態!!」

よく見るとその女性……いや少女は御伽《おとぎ》学園の制服を着ていた。ただ、ぼろぼろしわしわで所々シミがついてたりするむちゃくちゃ汚《きたな》い制服なのだが……ますますホラーっぽい少女だった。

「……へん……たい……?」

声もか細くなんか恨《うら》めしげで実は幽霊《ゆうれい》と言われても違和感《いわかん》ない感じだが、おおかみさんは気にしない。

というか怒《いか》りで視野狭窄《しやきょうさく》に陥《おちい》っているらしく目に入ってないみたいです。でもおおかみさんは何でこんなに怒ってるんだか……

「無駄《むだ》な贅肉《ぜいにく》ぶら下げてたからあんまり遠くに行ってないとは思うんだが……」

おおかみさんの怒りの理由が少し判明。あとは鼻血出してぶっ倒《たお》れた亮士《りょうし》くんに対する怒りと、亮士くんを悩殺《のうさつ》したナイスバディに対する嫉妬《しっと》とかそんな辺りでしょうか……

「ったく、めんどくせーな。つーか、あんなもんただの脂肪《しぼう》のかたまりだろうが。それをあんボケは鼻血まで出しやがって」

……やっぱりでした。

そんな鼻息が荒《あら》いおおかみさんに、ホラーな少女は言う。

「……走って……向こうに……行きましたけど」

ゆっくりゆっくり手を挙げて、少女は指を指す。その行動は薄暗《うすぐら》くなってきた周囲と相まって端《はた》から見るとやっぱりホラーだ。

「さんきゅー、恩に着るぜ！」

しかしそんなホラーさを全く気にせず、おおかみさんは感謝すると少女の指さした方に走っていった。

「まっちやがれー!!」

「………」

なんだかルパ〜ンとかつけたくなるような言葉を叫《さけ》んで走り去るおおかみさんの背中を、ホラーな少女は立ちつくしたまま無言で見送った。


「あら、おかえりですの」

全力疾走《しっそう》してへとへとに疲《つか》れて戻《もど》ってきたおおかみさんに、ちょこんと道の端《はし》に座《すわ》っていたりんごさんが声を掛けた。

「それでストリーキングさんは？」

「……逃《に》げられた。あーだりー」

そう言って、おおかみさんは地べたに座《すわ》り込《こ》む。疲《つか》れてるのはわかりますが、スケ番の格好で地面に座ると本気で似合ってるのでやめてください。

「で、その馬鹿《ばか》の様子は？」

馬鹿と呼ばれたのはもちろん亮士《りょうし》くんのことだ。地面にぶっ倒《たお》れて鼻にティッシュを詰《つ》められている。服がくしゃくしゃになって汚《よご》れてるのは、通行の邪魔《じゃま》だからとりんごさんが道路脇《わき》に引きずって行ったからだろう。

頭の下に鞄《かばん》が置いてあるのはりんごさんにわずかに残った優《やさ》しさでしょうか。あれ？　でも鼻血を出したときって足上げて頭下にするんじゃなかったですかね？

「目が覚めませんの」

鼻血を出すだけでなく気をも失っている亮士くん。そんな亮士くんを見ておおかみさんは呆《あき》れと怒《いか》りといらだちの混じった声で言った。

「……どうしようもねーな」

女性の裸《はだか》を見て鼻血出して気絶、確かにどうしようもないです。しかしまあそれだけでは亮士くんがあわれすぎるので、田舎《いなか》育ちの純朴《じゅんぼく》少年には刺激《しげき》が強すぎたとかフォローしておきましょうか。かなり嘘《うそ》くさいですが。

そんなおおかみさんにりんごさんも同意する。

「どうしようもないですの。…………けど、涼子《りょうこ》ちゃんってばなんでそんなに不機嫌《ふきげん》さんなんですの？」

「そっそれは……無意味に走らされたことにむかついてんだよ!!」

「えーそれにしては、やけに森野《もりの》君に突《つ》っかかるじゃないですの」

「気のせいだ!!」

「ふふ〜ん」

「なんだよその意味ありげな顔は!!　つーか他《ほか》にあるとしたらただあのでかい胸が気に入らないだけだ!!」

からかわれたおおかみさんは思わず本音を漏《も》らしてしまい…………二人の間にいたたまれない空気が流れます。

「…………ごめんなさいですの」

「…………わかってくれたならいい」

りんごさんはおおかみさんをおちょくるのに夢中になるあまり思わず地雷原《じらいげん》につっこみ、二人一緒《いっしょ》に地雷を踏《ふ》んでしまったようです。おおかみさんの本音はりんごさんの本音でもあったわけですね。

まあ、そんな感じで二人がやりきれない気持ちで黙《だま》っているうちに亮士くんがどうやら覚醒《かくせい》する。

「……うっここは」

そんな目の覚めた亮士《りょうし》くんにおおかみさんたちは冷ややかだ。

「気がついたか、変質者の裸《はだか》見て鼻血出して倒《たお》れて白目むいて気を失った人」

「おはようですの、変質者の裸見て鼻血出して倒れて白目むいて気を失った人」

変質者の裸見て鼻血出して倒れて白目むいて気を失った人……じゃなかった亮士くん、名前すら呼んでもらえてません。あと、やりきれない気持ち……胸に残るいらいらを亮士くんにぶつけているのでしょう。まあ、八つ当たりのように見えて八つ当たりじゃないですから別にかまわない気はします。

「それで大丈夫《だいじょうぶ》ですの？　変質者の裸見て鼻血出して倒れて白目むいて気を失った人」

「全く情けないにもほどがあるな、変質者の裸見て鼻血出して倒れて白目むいて気を失った人」

おおかみさんが亮士くんを見る目が虫けらを見るそれになってます。少なくともヒロインがヒーローを見る目じゃありません。

「……後頭部が痛いっスけど大丈夫っス。……あと勘弁《かんべん》してくださいっス」

じつに哀《あわ》れな亮士くん。しかし、好きな娘の前で他《ほか》の女の裸を見て鼻血出して気を失った人間にはそれ相応の報《むく》いかもしれません。

「ん？　何を勘弁するんだ？　変質者の裸見て鼻血出して倒れて白目むいて気を失った人？」

「別に私たちの行動におかしなところなんてなんにもないですのよ？　変質者の裸見て鼻血出

して倒れて白目むいて気を失った人？」

笑顔《えがお》なんだけども笑顔に見えない二人に亮士くんは反射で謝《あやま》る。

「……すいませんおれが悪かったっス」

というわけで、とりあえずしばらく名前を呼んでもらえなかった亮士くんなのでした。


「あれまぁ、見事に遭遇《そうぐう》しちゃったのかい？」

「遭遇しちゃいましたの」

亮士くんが変質者の裸見て鼻血出して倒れて白目むいて気を失った翌日、りんごさんが地下本店で頭取《とうどり》さんに昨日のことを説明していた。

「で、どんな人だったのかな？」

「……若かったですの」

「だな、身体《からだ》は……その……あーってかんじで雰囲気《ふんいき》とかがすごく若かった気がするな」

おおかみさんの台詞《せりふ》の『あー』ってところにはたぶん『ナイスバディ』と入ると思います。

なんというか……その言葉を口にしたくないんでしょうねぇ……意地っ張りというかかわいいというか。

「ちなみに若いって……どのくらい？」

「んー……多分二十歳《はたち》超えてはいないんじゃないですの？　下手《へた》したら高校生かも」

りんごさんが昨日の出来事を思い起こしながら頭取《とうどり》さんの問いに答える。

「………若いね。それは見てみた」

「頭取」

アリスさんの冷たい声に頭取さんが固まった。

「いこともないこともないね？」

頭取さん、一周して見たいってことになってますよ？

「しかしまぁ………それは本格的にどうにかした方が良いかもね？　それだけ若いとなると下手《へた》したらうちの生徒ということもあり得るしね？　高等部じゃなくても大学の方の人の可能性もあるし、それはあんまり良くないね？　学校的にもだし、ニュースになったら僕《ぼく》たちも恥《は》ずかしいし？　それに逆に考えればその変質者を僕らがどうにかできれば学園長に恩も売れるだろう？　変な汚名《おめい》がつく前に事件を収めるわけだから？」

「なるほどですの」

「でもむっちゃ逃《に》げ足早いぞ？　オレが振《ふ》り切られたし」

おおかみさんは鍛《きた》えているので足もそれなりに速い。

「んーどうしよう？」

なんて皆《みな》さんが真面目《まじめ》に話し合ってるときに、話に加わってない男二人がなにやら部屋の隅《すみ》でこそこそとしていた。

「で、どうだったんだ？」

「どうだったってなんっスか？」

浦島《うらしま》さんが亮士《りょうし》くんを引っ張って部屋の隅に連れて行きながら聞いていたのだ。

「とぼけんなよー、その露出狂《ろしゅつきょう》の身体《からだ》がどうだったのかって聞いてんだ」

その問いに、亮士くんは思わず真っ赤になってしまう。

「ほらほら恥《は》ずかしがらないでお兄さんに言ってみなさい」

亮士くんと肩《かた》を組んでこんなことを言っている浦島さんは、一年留年してるので一歳《さい》年上だったりします。あと、クラスメイトだったりもするんですが……すっかり忘れてました。

ともかくその浦島さんの問いにあの光景を思い返した亮士くんは驚《おどろ》きの表情で報告するが、

「えーそれはそのー…………………すごかったっスボラァ!!」

「ぐへぇあ!!」

そこで吹《ふ》っ飛ぶ亮士くんと浦島さん。

「てめぇら人が真面目に話してるときに何やってんだ？　あぁん？」

倒《たお》れた二人が見上げるとそこにはおおかみさんの姿があった。

「女性の露出狂ですか……ふふふ、太郎《たろう》様そんなに気になるのでございますか？」

あと清楚《せいそ》にたたずむ乙姫《おとひめ》さんの姿も。

「いやいや、捕《つか》まえなきゃいけないんならどんな相手か知らないといけないだろう？　だから情報を聞き出していたのでやましい気持ちなんかこれっぽっちもなかったんだよ？　だからちょっと落ち着こうね乙姫《おとひめ》さん」

「…………あ、そうだ？　浦島《うらしま》君って女性のスリーサイズを服の上からでも見分けられるって前言ってたよね？」

焦《あせ》りまくりの浦島さんに頭取《とうどり》さんが唐突《とうとつ》に聞いた。

「ふっ、誰《だれ》に物を言っている。制服着用時で誤差は±1センチ、裸《はだか》や水着ならば誤差をミリ単位で収める自信はある。パッドを入れようが寄せて上げようが俺《おれ》の目は欺《あざむ》けん。質量に差があるのでわずかに身体《からだ》のバランスがおかしくなってるんだよ」

浦島さんは自慢《じまん》にならない自慢をする。竜宮《りゅうぐう》の女の最高傑作《けっさく》である乙姫さんに対抗するため、人体から学んだというのは伊達《だて》じゃないようです。

もう少し詳《くわ》しく説明しますと、この軟派《なんぱ》なダメ人間浦島さんは子供の頃《ころ》、いじめられっ子で亀《かめ》のように丸かった乙姫さんの潜在《せんざい》能力に気がつき優《やさ》しくしたら綺麗《きれい》になった乙姫さんに思いっきり恩返しされちゃったんですよ。それはもう全身を使って濃厚《のうこう》に。そしたらまあ腎虚《じんきょ》で入院する羽目になり、これでは死んでしまうと武者修行《しゅぎょう》……というか日本全国ナンパの旅に出かけ、スキルを磨《みが》いたのです。とてもよい子のみんなには言えないスキルを。コンセプトはヤられる前にヤれ。

「おおーそれはすごいね？　それなら変質者捜《さが》しもうまくいくかな？」

　その頭取さんの感嘆《かんたん》の声に気をよくしたのか浦島さんはさらに続ける。

「ふふふ、任せてくれたまえ。ここのみんなのスリーサイズも見ただけでわかるんだぞ？」

「……ただ、今みたいにそのスキルを発揮する場所が激しく間違《まちが》ってますが。

「たとえば大神《おおかみ》は……」

　自慢げにダメスキルを披露《ひろう》しようとする浦島さんだったが、口を開こうとした瞬間《しゅんかん》おおかみさんが全力で地を蹴《け》った。

「うおおおっ!!」

「ぐはっ」

　一気に距離《きょり》を詰《つ》めたおおかみさんの拳《こぶし》がめり込《こ》み、浦島さんは吹《ふ》っ飛ぶ。

　そして壁《かべ》にたたきつけられた後ずるずるとずり落ちて地に伏《ふ》した浦島さんに女の子たちが群がる。もちろんとどめを刺《さ》しに行ったのだ。

「おらおらおらおら」

　ゲシッゲシッ
「このっこのってすの」

　グリグリッ
「忘れなさい！　忘れなさい！」

　バシバシ

といっても、群がったのはおおかみさん、りんごさん、アリスさんだけなんですが。

この三人は御伽《おとぎ》銀行における俗《ぞく》にいう体の一部のボリュームが貧しい人たちです。アリスさんは平均よりやや貧しいくらいでしょうか。スレンダー美人なんで気にすることはないと思うんですけどね？

その他恵《めぐ》まれた人、気にしてない人たちはその惨状《さんじょう》をおろおろ見てます。

ちなみに恵まれた人がおつうさんで、気にしてない人が乙姫《おとひめ》さんです。おつうさんはナイスなバディですし、すごくうらやましいことに浦島《うらしま》さんは乙姫さんの体の隅々《すみずみ》まで知ってるんで乙姫さんからすればスリーサイズなんて今更《いまさら》って感じでしょうか。それに乙姫さんは細いので相対的に大きく見えますしね。

って、それはともかく物理的な衝撃《しょうげき》で記憶《きおく》を消去させようとする三人に足蹴《あしげ》にされて、浦島さんはぼろぼろになっていく。

「ぐはっぐほっぐげっ痛い、痛いですよみなさん落ち着いて……ぐっ……あっ開く……何か開きそう」

あまりに容赦《ようしゃ》ない攻撃《こうげき》に新たな世界への扉《とびら》を開きかけてます。

でも今忘れても、見ただけでスリーサイズがわかるなんていうだめスキルを浦島さんから消去しないと意味ないと思うんですがどうですか？　いや、それがわかっているからこその殺意のこもった一撃ですか……死人に口なしって言いますしね。女性に体型の話題はやはり鬼《き》門《もん》ですね。

「うおらー」

「ぎゃあ——」

しばらくして浦島さんが動かなくなった頃《ころ》、りんごさんが汗《あせ》を拭《ふ》きながら言った。

「このまま富士の樹海に埋《う》めに行きたいところですけど。それはまあまた今度ということにして、とりあえず出会うことさえできればどうにかなりそうということですのね。捕《つか》まえられたならそれでよし。だめでも浦島さんが見ることさえできれば、スリーサイズから候補の絞《しぼ》り込《こ》みはできるはずですの」

「うん、……じゃあみんな、今日から夕方にこの辺りをうろついてもらえるかな？」

「まかせろ!!」

いつの間にか復活していた浦島さんがものすごく元気いっぱいやる気いっぱいで応《こた》える。女性が絡《から》むとやる気が違《ちが》います。しかも今回は若くてナイスバディの女性の裸《はだか》を見るというのが目的、コレで張り切らないと男じゃありません。

そんな燃え上がる浦島さんを尻目《しりめ》にりんごさんが乙姫さんに言った。

「あ、そうそうですの乙姫さん」

「はい、なんでございますか？」

「浦島さんが女の子の裸見て暴走なんかしちゃったらまずいので、ちゃちゃっと何発かヌいといてもらえますの？」

りんごさん、年頃《としごろ》の女の子がちゃちゃちゃっと何発かヌいといてとか言わない。

「わかりました」

あと、乙姫《おとひめ》さんもうれしそうに了承《りようしよう》しない。

「ちょっいやぁあああああ」

まあそんなわけで、お約束通り浦島《うらしま》さんの悲鳴が響《ひび》いた。

――あれから一週間。毎日夕暮れ時に徘徊《はいかい》するなんていう怪《あや》しすぎる行動が実を結び、ようやく今日再びあの変質者さんとの遭遇《そうぐう》に成功する。

しかし……。

「……また逃《に》げられちゃった訳っスか」

というわけでまたまた逃げられました。

何チームかに分かれてうろついてたところ、このたび遭遇したのはラッキーなことに大本命の浦島さん乙姫さんチームだった。でも逃げられてしまった。

「はい、申し訳ございません」

乙姫さんは深々と頭を下げる。

「でもどうしてですの？　ちゃんとヌいていたなら女性の裸《はだか》見て暴走したりしないはずじゃ

ないですの？」

だからりんごさん、年頃の娘さんがヌいていたならとか言わない。

ともかくその問いに乙姫さんはヨヨヨと瞳《ひとみ》を潤《うる》ませながら応《こた》えた。

「暴走はしませんでしたが……太郎《たろう》様は……太郎様は足腰《あしこし》が弱って走れなかったのでございます。……おいたわしや」

そう言われてみれば、ソファに身を沈《しず》めた浦島さんを見てみると真っ白な灰になっている。

「今日で……捜索《そうさく》一週間目だったっスね」

亮士《りょうし》くんが万感《ばんかん》の思いを込《こ》めてつぶやいた。

捜索一週間目ということは……裏をかえせば一週間もの間、浦島さんはギリギリまでヌかれ続けていたということで……なんだか浦島さんに対して敬礼したくなりますね。

「それでこれが太郎様からの最後の……うっ」

ぷるぷると涙《なみだ》をこらえている乙姫さんが差し出した紙には、痛みにのたうつミミズのような文字で三つの数字が書かれていた。
92、58、90
「くっ」

男として涙をこらえきれない亮士くん。あのような状態でも浦島さんはちゃんと見ていたのだ。そして最後の力を振《ふ》り絞《しぼ》り震《ふる》える手で書き残したのだ。

「彼は……彼はやり遂《と》げたんだ？　ここは笑顔《えがお》で見送ってやるべきだね？」

「そうっスね」

漢《おとこ》の中の漢浦島《うらしま》死す。

亮士《りょうし》くんと頭取《とうどり》さんの脳裏《のうり》に浦島さんの良い笑顔が浮《う》かんだ。

……………なんて男三人がシリアスというかお笑いミニコントやってるのを完全に無視して、女の子たちはクールに調べ物中だった。

「92、58、90だそうですの」

「きゅっきゅうじゅうに!!　そっそれは……」

なんという乳……と驚愕《きょうがく》するアリスさんだったが、どうにか心を落ち着ける。

「ごほん……そうですね、裸《はだか》なら誤差がミリ単位だそうですが、余裕《よゆう》を持って±1センチで調べてみましょう」

「これほどのスリーサイズのやつはそうそういないだろうから、かなり絞《しぼ》り込《こ》めそうだな」

冷静を装《よそお》っているようで微妙《びみょう》に引きつっているりんごさんアリスさんおおかみさんの三人。

確かにこのスリーサイズはやばいです。ガチでモデル体型です。

ピロリロリーン、ここで唐突《とうとつ》に再掲《さいけい》おっぱいランキング。最新データに更新《こうしん》済み。

桃《もも》ちゃん　＞謎《なぞ》のストリーキング＞魔女《まじょ》さん≧おつうさん＞＞【これ以下普通《ふつう》】　マチ子《こ》さん＞乙姫《おとひめ》さん≧アリスさん≧地蔵《じぞう》さん　【越《こ》えられない壁《かべ》というか、本人たちが壁】　おおかみさん≧

宇佐見《うさみ》さん㈿りんごさん。

おおかみさんやりんごさんはともかく、アリスさんは中の下から下の上あたりなのでそこまで気にすることもないと思いますが。

「スリーサイズの情報までウチにはあるんスか？」

なんだか普通にスリーサイズを調べようとしてる三人に、コントが終わったらしく戻《もど》ってきた亮士くんが驚《おどろ》いて聞いた。ちなみに浦島さんはまだ灰です。

「はい。では早速検索《さっそくけんさく》を……」

なんてアリスさんが言った瞬間《しゅんかん》、

「よし、ではさっさと調べましょう!!」

「そうだね？」

「そうっスね」

さあ、調べ物するぞーなんて感じで男三人が急激にやる気あふれる。寸前まで灰だった浦島さんすら復活してます。実にしぶといですね。でも、まだ見ぬ美少女の情報が手に入るかもしれませんし浦島さん的にはここはがんばらないといけないところなんでしょう。

先ほど言ったように御伽《おとぎ》銀行の持ってる情報の中には全校生徒の身体データなんてのも存在するんです。重要データは持ち出し禁止で、持ち出したらその人の恥《は》ずかしい情報がばらまかれるというお仕置きが待ってたりするので簡単に漏《も》れたりはしませんが。そしてそれだけじゃなく一部の情報は……

「おいコラ待て」

亮士《りょうし》くんの後頭部ががしっと摑《つか》まれた。

とまあ、このように女子の皆《みな》さんが管理して男子禁制になってたりもします。詳《くわ》しい身体データを自由に見せてたらおおかみさんたちの身長体重スリーサイズまでモロにばれちゃいますしね。

「いたたたたたたたた痛いっス」

握力《あくりょく》全開らしいおおかみさんクローはギリギリと締《し》まって実に痛そうです。そしてとどめにアリスさんが凍《こお》り付きそうなほどにクールに命令した。

「…………あなたたちは出ていなさい」

「「「了解《りょうかい》です!!」」」

というわけで男三人は追い出されました。

「……さて、お馬鹿《ばか》たちを追い出したところで、コレが検索《けんさく》結果ですの。アリス先輩《せんぱい》が言ったように誤差±1センチくらいで調べてみましたの」

へこへことなにやらキーボードを打ち込《こ》んでいたりんごさんがそう言った瞬間《しゅんかん》、壁に掛《か》けられた液晶《えきしょう》大画面に女生徒の顔写真が並ぶ。さすがに並ぶと言ってもズラーって感じじゃなく、ちょこちょこっといった感じですが。まあ、あれほどのスリーサイズの人はそうそういませんよね。

「で、こん中にあの変態がいるかもしれない訳か」

「ウチの学校にいたらの話ですけど」

そんなボリュームに恵《めぐ》まれた人たちをなぜか殺意のこもった瞳《ひとみ》で見ていたおおかみさんだったが、

「………あっ!!」

何かに気がついたのか声を上げた。

「どうしましたの？」

「こいつ、オレ、見た!!」

なんだか片言で、おおかみさんは一つの写真を指さす。

「どういうことですの？」

言葉が足らないおおかみさんに、りんごさんはいぶかしげな顔をする。

「いやだから、最初に遭遇《そうぐう》したときオレ変態追っかけたろ？　そのときそいつに会って変態どこ行った？　って聞いたんだよ。そしたら向こうだって言われて……言われた方に行ったんだけど誰《だれ》もいなかった」

それを聞いたりんごさんは考え込む。

「……それはかなり怪《あや》しいですのね」

「確かに、あのストリーキングと同じスリーサイズの人間がストリーキングの逃《に》げていった方向にいた……かなり黒に近いグレーですね」

「じゃあまずはこいつを調べてみるか」

おおかみさんの視線の先には、あの日遭遇《そうぐう》した前髪《まえがみ》垂らしたホラー映画から出てきたような少女の写真があり、そこに書かれた名前は木崎《きざき》まといとなっていた。


「……なんかな、俺《おれ》たちの扱《あつか》いってひどいような気がするんだよ」

浦島《うらしま》さんが言った。

女性がいないので口調が乱暴というかざっくばらんというかまあそんな感じになってます。浦島さんは男の前でかっこつけるなんて無駄《むだ》なことはしないのです。

団地に住まうホタル族のごとく（ホタル族とはたばこの匂《にお》いが部屋につくとか身体《からだ》に悪いとか言われて奥《おく》さんに部屋から追い出されベランダでたばこを吸う旦那《だんな》さんたちの総称《そうしょう》。闇《やみ》にたばこの灯《あか》りが浮《う》かびホタルのようなのでそう名付けられたのです。また一つ無駄な知識が増えましたね）地下本店を追い出された三人は今現在地上支店でだべり中だった。

「まあしかたないねぇ、うちって代々女性が強いみたいなんだよね？　今代は僕がトップだけど、今までの統計からすると女性が会長になることの方が多いんだよね？　来年は鶴《つる》ケ谷《が》君が会長になるだろうし？」

相変わらずなに考えてるんだかわからない笑顔《えがお》で頭取《とうどり》さんが言う。

「ちなみに御伽《おとぎ》学園学生相互扶助《そうごふじょ》協会会長は、前の会長が指名して決まるからね？　とりあえず、ぼくは鶴ヶ谷君を指名予定だよ？　彼女はサポートに回ることが多いけど、森野《もりの》君家に押《お》しかけメイドした後辺りから欠点だった恩返しにこだわりすぎるところとか、責任感が強すぎて何もかも一人で抱《かか》え込《こ》もうとするところが直ってきたみたいだしね？　何よりマジョ君指名したら終わるし？」

何が終わるかはわかりすぎるほどわかってるので詳しくは申しませんが、確かに終わりそうです。

「君らの代は……今のとこ赤井《あかい》君だね？　君らがもう少しマシになったら話は変わるかもだけど？」

「失敬な！　俺のどこが…………なんか美女の気配がする」

話の途中《とちゅう》でそんなことを言いながらどっかに走り去る浦島さん。どこからどう見てもだめです。

「……やっぱ赤井君だねぇ？」

「そうっスねぇ」

なんて話してたらちょうど良く女の子たちがあがってきた。その中の乙姫《おとひめ》さんがキョロキョロと周囲を見渡《みわた》す。

「太郎《たろう》様はどこでございましょう？」

「美女の気配がするとか言ってどっかに消えたよ？」

「っ!! た～ろ～う～さ～ま～」

乙姫《おとひめ》さんはこめかみに怒《いか》りマークをはっ付けて走っていった。

それを見届けた後、気を取り直して頭取《とうどり》さんは聞いた。

「……で、どうなったのかな？」

「この方が怪《あや》しいなということになったんですのよ」

りんごさんがプリントアウトした木崎《きざき》さんの写真を見せながら、かくかくしかじかと説明する。

「現場にいたか……なるほど、それは怪しいね？」

「はい、なので今日はもう遅《おそ》いですし明日当たってみようかと」

アリスさんの言葉にうんうんと頷《うなず》いた頭取さんは、

「うん、その方向で行こう……じゃあ大神《おおかみ》君たち頼《たの》んだよ？」

おおかみさんたちに丸投げする。

「私たちですの？」

「だって裸《はだか》の方と服着た方の両方目撃《もくげき》したのは大神君だけだよね？」

「それは確かにそうだけどよ……」

おおかみさんはなんだか釈然《しゃくぜん》としない。でもそんなことを全く気にせず、

「じゃあそゆことでね？」

そう言って頭取さんは帰ろうとします。実に駄目《だめ》人間です。

しかし、頭取さんが逃亡《とうぼう》するためドアに手をかけようとした瞬間《しゅんかん》、それが勝手に開いた。

「竜宮《りゅうぐう》君に浦島《うらしま》君……それに君は？」

開いた扉《とびら》の先には乙姫さんと浦島さん。そして……噂《うわさ》のナイスバディホラー少女がいた。

「……どうしてこんなことになったんですの？」

いきなり最重要人物を連れてきた乙姫さんに、りんごさんは尋《たず》ねる。頭取さんは見事脱出に成功したようでいません。ダメすぎます。

今おおかみさんたちが何をしているかというと、ぼろい御伽《おとぎ》学園地上支店で噂のストリーキング容疑者木崎さんを挟《はさ》んで事情を聞いているところだった。この問題の担当は頭取さんの言ったように、おおかみさんたち一年生チームになったようだ。

というわけで、黙《だま》ってぼろいソファに座《すわ》っておどおどしている木崎さんを横目に見つつ、乙姫さんがりんごさんの問いに応《こた》える。

ちなみに乙姫さんに腕《うで》を組まれている浦島さんの顔は刑《けい》の執行《しっこう》を待つ死刑囚《しけいしゅう》のようです。

「えーとそれございますが……わたくしが外に出ますと太郎様《たろう》が……」

〜〜〜乙姫《おとひめ》さん回想〜〜〜

「太郎様!!」

乙姫さんが部屋を飛び出すと、少し離《はな》れた場所で見事にナンパをしている浦島《うらしま》さんがいました。浦島さんの美女メーターが反応するくらいなのですから、あまり離れていなかったのでしょう。しかし、こんな目と鼻の先でナンパするなんて馬鹿《ばか》じゃないでしょうかこの人。

「わたくしというものがいながら……」

「いやいや、落ち着け乙姫」

しどろもどろな浦島さんに乙姫さんは怒《いか》り心頭だ。浦島さんに怒りを向けつつ、ウチの男を誘惑《ゆうわく》したのはどこのどいつじゃーみたいな視線で乙姫さんがナンパしていた相手をにらみ……

その見覚えのある顔に思わず固まった。

「あなたは…………木崎《きざき》さまでございますか?」

「…………はい」

名前を呼ばれて頷《うなず》く、浦島さんのナンパ相手だった木崎さん。相変わらず薄汚《うすよご》れた制服に伸《の》びてぼさぼさな髪《かみ》といったホラー少女の様相で、何というか……よく浦島さん、この人ナンパしたなって感じです。

そこで浦島さんは気がついたというか起死回生の一手を思いついた。どうやらスリーサイズと、乙姫さんの言葉で昨日のストリーキングと一致《いっち》したらしい。スリーサイズは同じでもさすがに外見が違《ちが》いすぎて同一人物だと気がついていなかったのだ。

まあ、それはともかく現状を打開する策を思いついた浦島さんは真面目《まじめ》な顔で乙姫さんに言う。

「そういう訳なんだよ!!　けしてナンパしようとかそういう気は全くなかったわけだよ。たまたま昨日見たあの裸《はだか》と全く同じスリーサイズの人に出会ったから、コレは話聞かないとってね？」

「…………ほんとうでございますか？」

「もちろんですとも、俺《おれ》が乙姫に嘘《うそ》をついたことがあったかい？」

「数え切れないほどございますね」

たとえば友達と遊ぶと嘘をついてナンパに行ったり、買い物行くと言ってナンパに行ったり……と乙姫さんは具体例を挙げていく。しかしそれを聞き終えた浦島さんが自信満々で言った。

「俺の嘘はおまえを傷つけないための優《やさ》しい嘘だ!!」

どう見てもくず以外の何者でもありませんね。

しかしそんなダメすぎる浦島さんの言動にもかかわらず、乙姫さんは目をうるうるさせて浦島《うらしま》さんに抱《だ》きついた。

「太郎様《たろう》、そんなにわたくしのことを想《おも》ってくださってるとは……乙姫《おとひめ》は、乙姫は感動で前が見えませぬ」

「はっはっはっそうだろうそうだろう」

目をうるうるさせたまま浦島さんに抱《だ》きついてる乙姫さんに、引きつった不自然な笑いで浦島さんは目を泳がせる。

あれはどう見ても追及《ついきゅう》かわせて安心……って顔じゃないですね。

「今日はこの乙姫が腕《うで》によりをかけて、愛情のいっぱいこもった料理を作らせていただきます」

「そっそれはありがとう。でも、悪いな」

「いえいえ、他《ほか》ならぬ太郎様のためなのですから、このようなこと苦労の内に入らないのでございますよ」

「はっはっはっ」

どんどん浦島さんの精神が追い詰《つ》められているようです。

…………どうやら罪悪感で心がずきずき痛んでいるんですが……

「はーっはっはっはっ」

………………これ乙姫さんわざとやってるんじゃないですかね？

あと、容疑者がすぐ側《そば》で所在なげに突《つ》っ立ってますよ？

〜〜〜回想終了《しゅうりょう》〜〜〜


「……ということがございまして、木崎《きざき》様にご足労願ったわけでございます」

説明を終えた乙姫さん。

しかしりんごさんが気になっているのは別のところだった。りんごさんの感心した言葉に、おおかみさんが不思議そうな顔をする。

「さすが乙姫さん、実に策士ですの」

「どういうことだ？」

「罪悪感をつついて精神に攻撃《こうげき》を加えて、しばらくはナンパできる気力がなくなるよう打ちのめしたわけですの」

「なるほど」

恐《おそ》るべし乙姫さん。

しかしまあ、容疑者を待たせていることだし、こんな話をしているわけにもいかないのでりんごさんが話を切り出した。

「ま、それはともかくですの。木崎さんあなたに少しばかり聞きたいことがあるんですの」

「……聞きたい……こと？」

聞き返す木崎《きざき》さんに前に出たおおかみさんが聞いた。

「おまえ……オレの顔に見覚えねぇか？」

「……いっ……いいえ」

ずずいと顔を寄せるおおかみさんに、木崎さんはびくびくおびえる。

「しらばっくれんな、もうぜんぶわかってんだよ。おまえが噂《うわさ》のストリーキングだろ、あぁん？」

すごんで脅《おど》すおおかみさん、とてもじゃないですけど堅気《かたぎ》に見えません。

というわけでその恐《おそ》ろしさに負けたのか、木崎さんはいきなり白状した。

「ひっ……ごっ……ごめんなさい」

ただ、おびえすぎで文字通りお話になりそうになかったので、りんごさんがまぁまぁと割りこんでくる。

「涼子《りょうこ》ちゃん落ち着いて」

りんごさんはおびえてる木崎さんをなだめつつ優《やさ》しく聞きます。

「それであなたは何であんなまねをしてたんですの？」

まさに飴《あめ》と鞭《むち》、すばらしいチームワークです。

「そっそれは……」

「誰《だれ》かに他言したりはしませんのよ？　ここにいることからもわかりますように、私たちは御《お》ないですの？」

伽《とぎ》学園学生相互扶助《そうごふじょ》協会……通称《つうしょう》御伽銀行の者ですの、名前くらいは聞いたことあるんじゃ
「御伽……銀行」

御伽学園の生徒なら知らないものはいないというほどの知名度を持つ御伽銀行、それが名声か悪名かはまぁ知りませんんが。

「私たちはたまたま今噂のストリーキングさんがあなただという情報を手に入れてしまいまして、力になれたらとやってきたわけですの」

りんごさんはあいかわらずすごく優しい口調で語りかける。

こんな感じで怖《こわ》い刑事《けいじ》さんの後にやさしい刑事さん登場で、自白させやすくするみたいな取り調べテクがあるらしいですよ？

「まあ、善意だけでなく、あなたが捕《つか》まっちゃったりしたらいろいろな人に迷惑がかかるので、その前にどうにかしたいという理由もあるんですけど」

まあ、善意だけで助けようと言うのは怪《あや》しすぎますしね。

「というわけで……話してはいただけませんの？」

そこで思いっきり人の良さそうな笑顔《えがお》を浮《う》かべるりんごさんに……

「…………はい……わかりました……」

木崎さんは見事に折れました。しかも台詞《せりふ》がこれ以上ないってほど犯人ですよ!!　こんなす

ばらしい一言を引き出すとはさすがりんごさんです。優《やさ》しい笑顔《えがお》も超《ちょう》素敵《すてき》。

「……よく決心してくれましたのね、ありがとうですの」

……でもそれはうわべだけ。白状した木崎《きざき》さんにりんごさんはにっこりほほえみ一言声をかけた後…………下を向き『計画通り。』なんて感じのすさまじく悪そうな顔でにやりと笑います。相変わらず、驚《おどろ》きの黒さです。

そして木崎さんの罪の告白が始まる。

「私は……人に見られるのが……大好き……なんです」

まあ、そうでもなければストリーキングなんてしないでしょう。

「……普段《ふだん》は見てもらえない。でも……あんな風に裸《はだか》になれば……みんな見てくれるんです。ただ……捕《つか》まるのはいやだったので……あんな格好を……」

犯罪ですしね。あとあの仮面は正体がばれるのが嫌《いや》だからだったんですね。

「それにしても、他《ほか》にまっとうな手段で視線を集めようと思ったことはないんですの？　お化《け》粧《しょう》するとかおしゃれするとか」

「方法……わからないし……私……ブスだし……」

それを聞いたりんごさんは、後ろに回り木崎さんの髪《かみ》をいじくり始める。

「……ちょっと失礼ですの」

貞子《さだこ》ヘアをやめさせて……というか鬱陶《うっとう》しすぎたので髪を後ろでまとめさせた後に出てきた

のは、そこそこに整った顔だった。

化粧っけが全くなく、眉《まゆ》なども全く整えていないので多少野暮《やぼ》ったく見えるが、一手間かけるだけでかなり輝《かがや》きそうだ。

「…………なるほど、浦島《うらしま》がナンパしたわけだ。浦島の女を見る目だけは認めてやっても良いかもしれねぇな」

「確かにっス」

おおかみさんと亮士《りょうし》くんは感心したように頷《うなず》いている。

浦島さん、乙姫《おとひめ》さんの潜在《せんざい》能力を見抜《みぬ》いただけあって女を見る目だけはすばらしいのです。

今回もホラー少女木崎さんの素材の良さを見抜いてたみたいですね。

「素材は十分、スタイルも良い……ただどう見せればいいかがわかってないんですのね」

りんごさんはぶつぶつと何か言いながら考え込《こ》んでいる。

「あと、服が論外ですの。お洗濯《せんたく》してアイロンかけてるんですの？」

「……洗濯は一応、……アイロンは……持ってません」

「どれくらいの間隔《かんかく》で？　どうやってですの？」

「一週間に……一度くらい、……お風呂場《ふろば》で……ごしごし」

「…………洗濯機は使わないんですの？　洗剤《せんざい》とかは？」

「……洗濯機は……使ったことないし、……洗剤は何使ったら……良いのか……わからない」

なっていく。

「髪《かみ》は？　身体《からだ》はどうやって洗ってるんですの？」

矢継《やつ》ぎ早《ばや》に質問をしていくが、返ってくる返事にりんごさんは頭痛をこらえるような表情に

はっきり言って常識以前、当たり前のことを知らず、当たり前のことをしてない。

「今言ったことを親御《おやご》さんに教えてもらったりしなかったんですの？」

この質問に木崎《きざき》さんは今まで以上の間を取って返事した。

「…………………はい」

「…………」

その返事に何かを感じりんごさんは押《お》し黙《だま》る。なんか裏がありそうで、面倒《めんどう》なことになりそうな予感がバリバリです。しかし、いろいろな意味で放っておく訳にもいかないのは確か。

りんごさんはそう結論を出すと木崎さんに向き直った。

「……それであなたは誰《だれ》かから見てもらえるようになれば、あんなまねはしないという事でよろしいんですの？」

「……はい」

「わかりました。このままあなたにあのようなまねをされると、学校的にも困りますし私たちとしても困るので力をお貸ししましょうですの。細かいことは明日ここに来てくれますの？」

一回目の木崎さんとの対談はこうして終了《しゅうりょう》した。

次の日、御伽《おとぎ》銀行地上支店にはおおかみさんりんごさん亮士《りょうし》くんのいつもの三人組とりんごさんが呼んだ乙姫《おとひめ》さん、そして木崎さんがいた。

「今日は……お願い……します」

お辞儀《じぎ》する木崎さんを見た瞬間《しゅんかん》亮士くんはぐほっと鼻を押さえた。思わずあの夜のお姿が浮《う》かび上がってきたのでしょう。あれはもう、モロ無修正でしたしね。というわけで鼻をつまんで上を向いて後頭部をとんとんしている亮士くん。しかし昨日は大丈夫《だいじょうぶ》だったのになぜでしょう？

りんごさんもそこのところが気になったのか亮士くんに聞いてみる。

「昨日は大丈夫でしたのになぜ今日は？」

「……昨日の姿はアノ姿と結びつかなかったんスけど今日は……」

全裸《ぜんら》＋仮面と昨日のうす汚《よご》れた制服姿は全く違《ちが》いますしね。

では、今日はどう違うのかと申しますと、木崎さんの姿は伸《の》びっぱなしの貞子《さだこ》ヘアはいつもどおりだが、服装はいったいどこで売ってんだ？　みたいなTシャツに長ったらしいだささスカートです。

ここで問題なのはTシャツ。いつから着てるのかわかりませんが、首元はよれよれで生地が薄《うす》くなっててなにより……ノーブラです。お辞儀したら首元からちらちら見えるしお辞儀しなくてもそれはそれで見えます。いやまあなんというか……何かがうっすらと薄《うす》いTシャツに浮《う》き出てます。

なんで木崎《きざき》さんだけ私服なのかというと、どんな格好で暮らしてんのか知りたいので私服で来いとりんごさんが言ったからなのです。

「………木崎さん、ブラは」

「……つけたこと……ありません」

その答えにりんごさんは思わず額に手を当てた。

今は夏です。今日も暑いです。汗《あせ》をかきます。なのにTシャツ一枚だけなんて、ものすごく危ないです。ただ、そんなすごい格好なのに人の視線を集めない理由は、その貞子《さだこ》ヘアでしょう。もうそのあまりの怪《あや》しさに見て見ぬふりをされてます。

ただ、亮士《りょうし》くんはすぐ側《そば》にいるのでその存在を認識《にんしき》してしまい、否《いや》が応《おう》にもその姿が目に入り、そしてその身体《からだ》のシルエットがあの日の夜の裸《はだか》と重なって………まったく使い物にならなくなってるわけです。

そんなダメすぎる亮士くんに、おおかみさんの不機嫌《ふきげん》はマックスになる。りんごさんはそんなおおかみさんをニヤニヤ見ている。でも、このままじゃあ話が進みそうにない。

「赤井《あかい》さま、どうにかしたほうがよろしいのではございませんか？」

なので乙姫《おとひめ》さんはこの場で唯一頼《ゆいいったよ》りになりそうなりんごさんに耳打ちをする。りんごさんはこのまま不機嫌な涼子《りょうこ》ちゃんを見てるのもそれはそれで楽しいんですけど、そうもいかないですのねー……と了承《りょうしょう》する。

「はぁ、わかりましたの。……涼子ちゃんちょっとこっち来てくださいですの」

「……なんだぁ？」

おおかみさんは律儀《りちぎ》にりんごさんに近寄る。次にりんごさんは亮士くんに声をかけ、自分とおおかみさんの方に視線を向けさせる。

「森野《もりの》君、森野君」

「なんスか？」

名前を呼ばれて鼻をつまんだままの馬鹿《ばか》以外の何者にも見えない格好で、亮士くんはりんごさんの方を見る。

次の瞬間《しゅんかん》りんごさんがおおかみさんのスリット入りロングスカートをバサッと捲《めく》った。

ひらひらっとスカートが翻《ひるがえ》り、スカートで隠《かく》されていたおおかみさんの下着が思いっきりさらされる。

「ぐはっ」

そのすばらしすぎる光景に亮士くんは鼻血を吹《ふ》いた。むっつり……じゃなくてすごく純情少年な亮士くんです。

それを見てりんごさんは満足げに頷《うなず》き一言。

「よしですの」

「よしですのじゃねーよ!!」

我に返ったおおかみさんチョップがりんごさんの頭頂部に炸裂《さくれつ》した。

「いたいですのっ!!」

りんごさんは頭を押《お》さえつつ涙目《なみだめ》になる。

「だってこのままじゃあ森野《もりの》君が使い物になりませんのよ」

「よけいに使い物にならなくなってるだろうが!!」

おおかみさんが指さした先に、鼻血を出しながら幸せそうに気を失っている亮士《りょうし》くんの姿が。

「うわー、森野君悩殺《のうさつ》とは涼子《りょうこ》ちゃんってば魅力《みりょく》まんてーんですのー」

「うるせーよ!!」

「でもほら、これでもう木崎《きざき》さんを見ても大丈夫《だいじょうぶ》なはずですのよ?」

「今度はっ!!　……………」

おおかみさんが呑《の》み込《こ》んだ言葉は、『オレを見て大丈夫じゃなくなるだろうが』でしょうかね。しかし、その台詞《せりふ》は受け取りようによっては自意識過剰《かじょう》にも思われる実に恥《は》ずかしい言葉です。ゆえにおおかみさんの口は閉じられ、りんごさんの完全勝利となりました。

「んふふ、問題有りませんのね?」

「…………」

おおかみさんはくやしそうな顔をする。

「う～ん、しましま……」

そして亮士くんの口から意味不明のうわごと。

次の瞬間《しゅんかん》、おおかみさんはそのいらだちを反射的に亮士くんにぶち込む。

「何寝《ね》てんだてめぇ!!」

「ぐはっなっなんスか！　なんスか？　何が起こったんスかっ!?」

「うっせー!!」

八つ当たりキックを食らい、亮士くんは天国から帰還《きかん》する。……まあ良いもの見れたしかまわないでしょう。

それまくった話がどうにか一段落したところで、りんごさんが乙姫《おとひめ》さんに聞いた。

「……で、乙姫さんこれからどうしましょうですの？」

りんごさんが乙姫さんを呼んだ理由はただ一つ。木崎さんに女として人としての常識をたたき込む……つまり木崎さん育成計画に必要だったからだ。まあ、お嫁《よめ》さんにしたい人ナンバーワンですよね、乙姫さんは。何でもできるしお金持ちだし床上手《とこじょうず》だし。

木崎さんの容姿を一通りチェックした後、乙姫さんは切り出した。

「そうでございますね……まずは木崎さんのお部屋を拝見させていただきましょう」

「なんで部屋なんですの？」

「そうでございますね、部屋を見ればその方がどのような生活を送っているのかが窺《うかが》えるのでございます。生活習慣はその者の人となり……ひいては容姿に密接に関係しているものでございますよ。不摂生《ふせっせい》な生活をしてれば、肌《はだ》に、身なりに、あらゆる事に影響《えいきょう》してくるのでございます」

「なるほどですの。その辺りがちゃんとしてないと何をしても無駄《むだ》だということですのね？」

「はい。見たところ木崎《きざき》さまの私生活はかなり酷《ひど》い状況《じょうきょう》であると見受けられますし」

確かに木崎さんの服装は昨日見た制服も、今の服もとてもじゃないですがちゃんとしているとは思えません。

「というわけですの、じゃあ案内お願いできますの？」

「……はい」

おおかみさんたちは木崎さんの案内で彼女の家に出発した。……かと思いきやりんごさんが聞いた。

「あ、そうそうさっきの涼子《りょうこ》ちゃんの台詞《せりふ》の続きですけど、『今度はっ!!　……』なんですの？」

「知るかっ!!」

赤くなるおおかみさん。知ってて聞くりんごさんは相変わらず性格悪いです。

木崎さんちのアパートに到着《とうちゃく》し、部屋の扉《とびら》を開くとそこは異界だった。築何十年という感じのぼろぼろアパートで女の一人暮らしに適しているとはとても思えないのだが、それにもまして部屋の中は酷い。

足の踏《ふ》み場もないほど積み上げられたゴミゴミゴミ。流し台を見ればそこに山になっているのはカップラーメンのカップに、コンビニ弁当の空容器。

「ここか？」

「ここ……です……」

「こっこれは」

「そっ想像以上ですの」

おおかみさんとりんごさんはドン引きです。亮士《りょうし》くんも衝撃《しょうげき》を受けているようだ。だってコレ一応女の子の部屋ですよ？　こんなの見たら一発で幻想《げんそう》なんて吹《ふ》き飛びます。匂《にお》いもすさまじく口でしか息ができません。

そんな中でも乙姫《おとひめ》さんは冷静だった。

「……………とりあえずゴミを外に出しておいてもらえますでしょうか？　この様子では掃除《そうじ》用具とかあると思えませんので木崎様と買ってくることにいたします。あと、ゴミ処理のためのトラックの手配などもすることにいたします」

「わっわかりましたの」

で、二人を見送ったあと、改めて部屋の中を眺《なが》めたおおかみさんが呆然《ぼうぜん》と言った。

「…………これを片づけるのか?」

「……はぁ、らしいですの。まずはゴミ袋《ぶくろ》を外に出しちゃいましょうですの」

ゴミの詰《つ》まっているらしい真っ黒なゴミ袋を指さして言う。

「まったくなんでこんなことに……」

「しいて言うなら運がなかったんですのね」

「まったくっスね」

まあ、たまたま帰り道に木崎《きざき》さんに遭遇《そうぐう》しちゃったからこうなってるんですから、運が悪かったとしか言いようがないでしょう。

「…………はぁ」

おおかみさんはまたまた大きくため息をついた。


「ふう」

亮士《りょうし》くんが何個目かわからないゴミ袋を外に運び出し、腕《うで》で汗《あせ》をぬぐっていると、

「きゃああああああああああああああああああああああああああああ!!」

部屋の中からものすごい悲鳴が聞こえてきた。

「どどどどうしたんっスか!?」

ただごとではない悲鳴に亮士くんが慌《あわ》てて部屋の中に突入《とつにゅう》すると、そこにはりんごさんとりんごさんに抱《だ》きついているおおかみさんの姿があった。

「…………………どうしたんっスか？」

その非常においし……もといおかしな光景に亮士くんがもう一度聞くと、真っ青な顔で文字通りあわあわ言ってるおおかみさんに代わってりんごさんが答えた。

「イニシャルGが出たんですのよ」

「イニシャルG……ああ、黒いあいつっスか」

「あいつですの」

Gやらあいつやらでその生物の名前を呼ぼうとしない二人。ちなみにあいつは飲食店では太《た》郎《ろう》さんとか呼ばれることもあるらしいです。

「まあ、この部屋っスし一匹《ぴき》や二匹や三匹×十匹位はいるんじゃないスかね」

「一匹見つけたらその何十倍はいるって言いますものね、Gは」

ゴミ屋敷《やしき》寸前というか軽度のゴミ屋敷といった感じの部屋を亮士くんとりんごさんは見回す。

「………で、涼子《りょうこ》さんはどうしたんっスか？」

亮士くんがジーっとおおかみさんを見る。

相変わらずりんごさんに抱きついてたおおかみさんだったが、亮士くんの視線に気がつくとバッとりんごさんから離《はな》れる。

「なっなんでもねぇよ」

「それにさっきの悲鳴は……」

「あっあれはだな……」

慌《あわ》てた顔で目を泳がせていたおおかみさんだが、すぐ側《そば》の小さなりんごさんに気づいた。

おおかみさんの目がきらりと光る。

「そっそう、りんごの悲鳴なんだよ！　まったくりんごはなぁ、わははははは」

おおかみさんはりんごさんの背中をバシバシ叩《たた》く。叩かれた痛みで顔をしかめたりんごさんは、そんなおおかみさんを呆《あき》れた顔でちらりと見た後に一言。

「あっ、涼子《りょうこ》ちゃんの足下にGが」

「きゃあああああああああああああああああああああああああああああああああ」

おおかみさんは飛び上がってまたまたりんごさんに抱《だ》きついてしまう。

「…………嘘《うそ》ですの」

「ああああああああああああああ……………………あ？」

りんごさんの言葉におおかみさんはりんごさんから離《はな》れ足元を見る。Gはいません。

そして流れる痛いほどの沈黙《ちんもく》。聞こえてくるのはじーじーと蟬《せみ》の鳴く声。

「…………………」

「…………………」

その沈黙に耐《た》えかねたのかおおかみさんが吠《ほ》えた。

「……………」

「あっあーそうだよ、オレだよ。なんか文句あっか!?　あー!?」

おおかみさん逆ギレしちゃいましたよ。見苦しいですね。

しかしその開き直ったおおかみさんに乗っかって、心の優《やさ》しい亮士《りょうし》くんはこの場を収めようとする。

「まっまあ、人間一つや二つぐらい苦手な物もあるっスよ。でも、赤井《あかい》さんはG平気なんっスね」

ナイスフォローです。そしてさりげなく話題を変えようとするあたり、相当おおかみさんに尽《つ》くしてますね。でも……

「平気じゃないんですけど、パニックになる涼子ちゃん見てたら驚《おどろ》くタイミング逃《のが》しちゃったんですのよ」

「なるほどっス」

「それに、あまりにかわいい悲鳴だったので思わず堪能《たんのう》しちゃいましたし、涼子ちゃんにあんな風に抱きしめられる事なんてそうそうないですし」

「……確かにかわいい悲鳴だったっスね」

話題変えられてません。というか追い打ちかけてます。

「むぐぐぐぐぐ」

おおかみさんは真っ赤になってうなってる。

「ああいう涼子《りょうこ》ちゃんはたまにしか見られないんですのよ？　レアですのレア」

「レアっスかー」

真っ赤になったおおかみさんそっちのけで、二人は和《なご》やかに話してます。でもいいんですか？

そろそろおおかみさんキレますよ？

「おっおまえら、いいかげんに……」

……………ほら。

というわけで自分を肴《さかな》に和気《わき》藹々《あいあい》と話しているりんごさんと亮士《りょうし》くんに、おおかみさんは怒鳴《どな》ろうとする。

「……きゃっ!!」

しかしりんごさんがいきなり悲鳴を上げてダッシュでその場から玄関《げんかん》の方に逃走《とうそう》したために怒鳴るのを中断する。玄関にたどり着いたりんごさんは青い顔でおおかみさんの足下を凝視《ぎょうし》している。

そのりんごさんのあからさまな行動におおかみさんは余裕《よゆう》の表情で返す。

「ふん、もうその手はくわね」

カサカサカサッ

「っきゃあああああああああああああああああああああああああああ」

でも、今度は本当に出現していた。

さっきまで抱《だ》きついてたりんごさんが逃《に》げちゃったので、おおかみさんは代わりに亮士くんに抱きつく。

「うおっ」

いきなり抱きしめてきたおおかみさんを、亮士くんは反射的に受け止める。

鍛《きた》えていて引き締まってはいるが、しかし女の子の柔《やわ》らかさも失っていないというおおかみさんの身体《からだ》に亮士くんは感激する。

しかもいつものつんけん強がったおおかみさんとは違《ちが》い、今のおおかみさんは思いっきり素《す》の女の子の部分が出ていて、ものすごくかわいい。おまけにそのかわいいおおかみさんが自分を頼《たよ》ってくれているんだから男冥利《みょうり》に尽《つ》きます。

さらにはこの暑い中で色々働いていたのでおおかみさんからはかすかに汗の匂《にお》いが。好きな女の子の匂い、そんなどんな香水にも勝るフェロモン満載《まんさい》のかぐわしい匂いに亮士くんは陶然《とうぜん》とし……そこで違う意味でも気が遠くなりかけていることに気がついた。

「…………ちょっ……涼子さん？」

「きゃーきゃーきゃー」

キュッ

「……ぐぇ、しっ締《し》まってるッス！　マジ締まってるっス!!」

　良い感じに極《き》まっているらしく、亮士《りょうし》くんはギブギブとおおかみさんの背中を叩《たた》く。しかし一向におおかみさんの腕《うで》が解かれる気配はなく、どんどん締まってくる。おおかみさんは鍛《きた》えてるので女の子にしては力が強いのです。

「きゃ～～～～～～～～～～～～～～～～～～～～」

　亮士くんは気が遠くなりそうになりながらいったいどうすればいいのかと考える。このままだとマジ落ちる。いやたしかにおおかみさんに抱《だ》きしめられている状態はたまらなくうれしく今日という日を記念日にしてもいいほどだけども、このままだと違《ちが》う記念日になってしまう。それはさすがにいやだ。どんな記念日よりも君が生きてる今日が何より素晴《すば》らしいとか誰《だれ》かが歌っていたはず。でも乱暴に引き離《はな》すのはいろいろな意味でできないし、何か抜《ぬ》け出す方法がないかとキョロキョロ周囲を窺《うかが》い……

「うげっ」

　思わず声を漏《も》らした。

　そのただならぬ亮士くんの声におおかみさんがちらりと目を開けると、そこには編隊を組んで飛ぶGの姿が。見た感じ地形適応空Aくらいはありそうです。

　その宙を舞《ま》うGの姿におおかみさんは、

「ひっひぃいぃいぃいぃいぃいぃいぃいぃいぃいぃいぃいぃいぃいぃいぃいぃいぃいぃいぃいぃ」

そんな未《いま》だかつてない悲鳴の後、

「うっ…………うわーんうわーんうわーん」

号泣《ごうきゅう》。

それも子供泣き。涙《なみだ》もぽろぽろ流している。

「わっりよっ涼子《りょうこ》さん？」

どうしていいのかわからなくなっちゃった亮士《りょうし》くんは、とりあえずおおかみさんを抱《かか》えて部屋から脱出《だっしゅつ》することに。

「うわ～～～～～～～～～～～ん、かえるーおうちかえるー」

恐怖《きょうふ》の余り幼児退行したおおかみさんの悲鳴を部屋に残しつつ、亮士くんはどうにか部屋を抜《ぬ》け出すことに成功しましたとさ。


「…………」

おおかみさんがやさぐれていた。

「あの……涼子さん？」

「うるせーばか」

おおかみさんがやさぐれていた。

「涼子さーん」

「だまれこのへたれが」

　おおかみさんがこれ以上ないほどにやさぐれていた。

　ぶすっとした顔で亮士くんの方を見ないおおかみさん。泣いたからか目が赤いです。そしてその態度も微妙《びみょう》に幼児退行したままです。拗《す》ねてます。なんだか…………………すごくかわいいです。おおかみさん的には笑い事じゃあないんでしょうが。

　とりつく島もないおおかみさんに亮士くんはあきらめ自分の席に戻《もど》る。

「…………だめっス」

「まあ、しかたないですの。あれむちゃくちゃかわいかったですものねぇ……今もかわいいですけど、あれは格別でしたの」

　確かに大声で泣くおおかみさんはかわいかったです。「怖《こわ》かったよー」なんて泣くおおかみさんを抱《だ》きしめ背中をぽんぽんしながら慰《なぐさ》めたりんごさん、もう鼻血でそうでした。でも、意地っ張りな嘘《うそ》つきおおかみさんとしてはあんな姿を見せてしまったのは許せないことでしょう。

「まあ、もう少し立てば元に戻るでしょうですの。じゃあ乙姫《おとひめ》さんどうぞですの」

「わかりました」

　……で、今何が行われているかというと、木崎《きざき》さんの部屋の中でバ○サン焚《た》いてます。

　そうなるとGを殲滅《せんめつ》するまでは部屋に入れないので、その間に乙姫さんによる女の道教育をしちゃいましょうということになったのだ。

そんなわけで今皆《みな》さんがいるのは木崎《きざき》さんちの近くにあった喫茶店《きっさてん》。四人席におおかみさん以外の四人が座《すわ》り、すねたおおかみさんは少し離《はな》れた席に座っている。……どうやら聞き耳は立てているようだが。

「では、はじめさせていただきます。木崎様は見られること……視線を集めることがお好きのようでございますが……」

木崎さんはこくんと頷《うなず》く。

「……視線を集める方法ですがそれは単純明快。自分の価値を上げればいいのでございます。人は価値のあるものをありがたがって見るものですが、価値のないものには見向きもしないものでございます」

その乙姫《おとひめ》さんの言葉に、木崎さんはまたまたこくんと頷く。貞子《さだこ》ヘアでどこ見てるんだかわかりませんが、雰囲気《ふんいき》的にはものすごく真面目《まじめ》に聞いているみたいです。

「ではその価値を決めるのは何かでございますが…………女の価値はどうスカートの中を見せるかで決まるのでございます!!」

乙姫さんがぐっと握《にぎ》り拳《こぶし》で言った。

その言葉にりんごさんに亮士《りょうし》くん、そして聞き耳を立てていたおおかみさんまで思わずガクンとなる。しかし乙姫さんは本気と書いてマジのご様子だ。

「まあ、スカートの中というのはたとえというかイメージ的なもので、自らの武器である女をどう見せるか……という話でございますね。あまりに見せすぎると価値がなくなり、見せなさすぎるとそれはそれでまた価値がなくなってしまいます」

そこで乙姫さんは木崎さんを見た。

「はっきり言いまして、木崎様のように裸《はだか》を見せびらかすなど愚《ぐ》の骨頂《こっちょう》でございます。確かに一時は視線を集められるかもしれません。ですが、そのようなことをすれば自らの価値を目減りさせていくということと同意でございます。人は飽《あ》きるものでございますし、希少なものにこそ価値を見いだすものでございますから。誰《だれ》もがいつでもどこでも簡単にただで見れるものに何の価値がありましょうか。だから見せすぎはいけません。かといって見せないのもいけません。百聞は一見にしかずといいますように、見せることによって価値を再認識《さいにんしき》させ自らの価値を上げるということも必要なのでございますね。この辺りのことは追々《おいおい》説明していくことにしましょう」

「………」

理解できないのか、木崎さんはちんぷんかんぷんという感じの雰囲気だ。

「釈然《しゃくぜん》としないご様子のようでございますね。では、見せすぎずに見せるということのお手本を一つお見せいたしましょう」

そう言って乙姫さんは立ち上がると通路を少し歩き、おもむろにハンカチを落とした。そして乙姫さんはそれをかがんで拾おうとし、スカートの中がきわどいところまで見えそうになる。

「うおおっ」

そのぎりぎりさに亮士《りょうし》くんの視線が思わずスカートに向かってしまうが、しかし肝心《かんじん》な中身は見えない。乙姫《おとひめ》さんはスカートの中を見せないままハンカチを拾い自らの席に戻《もど》ります。

「これが見せずに見せるという極意《ごくい》の一端《いったん》でございますね」

「……はっ!!」

そこで乙姫さんに視線を向けていた亮士くんは我に返りババッとおおかみさんを見ると、殺気を込《こ》めた恐《おそ》ろしい瞳《ひとみ》が亮士くんをにらんでました。

「ひっひぃいー、こっこれは不可《ふか》抗力《こうりょく》というかなんというか……」

そんな亮士くんの情けない言い訳に、おおかみさんはぷいっと違《ちが》う方を向く。

「りょっ涼子《りょうこ》さん～」

亮士くん、情けなさ過ぎです。

そんな亮士くんを横目に、りんごさんは乙姫さんの美技に感嘆《かんたん》の声を漏《も》らす。

「……さすがですの。女の私が思わず視線を奪《うば》われちゃいましたの」

「見せすぎないで見せる、このように女は動作一つで視線を集めることができるのでございます。見せなかったからこそ、なおさら次こそは……と思うものでございますし、見せたからこそ見た人の中で価値が上がり、次こそは……とそう思うようになるのでございますよ」

はんなりと笑いながらそこまで言った乙姫さんですが、そこで真面目《まじめ》な顔になる。

「あと、木崎《きざき》様に言っておきたいことが一つございます。視線にもいろいろあるのでございますよ。好奇の視線、怒《いか》りの視線、憎《にく》しみの視線、哀《あわ》れみの視線、好色の視線、そして親愛の情、友愛の情のこもった視線。好奇の視線、好色の視線などは木崎様のやったように簡単に集めることはできるでございましょう。しようとさえすれば、怒りや憎しみ、哀れみの視線なども簡単でございます」

まっすぐに木崎さんを見ながら乙姫《おとひめ》さんは言う。

「しかし、そんな視線がいくら集まったところでたった一対《いっつい》の親愛の視線にはかないません。周囲の視線を気にすることなどより、たった一人に見てもらえさえすれば女はそれだけで幸せなのでございますよ。………まあこのことにわたくしが気がついたのはつい最近なのでございますが。以前は自らの価値を上げることに苦心して大事なものを見失っていた時期がございましたので」

乙姫さんは一時期浦島《うらしま》さんにふさわしい女になるために……と思いっきり周囲の視線を気にしていましたからね。

「なので、木崎様が視線が好き……誰《だれ》かに見てもらいたいのならば、その親愛、友愛の視線を受けることを考えるべきでございますね」

「………私も……そんな風に……見てもらえるように……なるでしょうか？」

「そのために自らを磨《みが》くのでございますよ。自らを心も体も磨き輝《かがや》かせれば、たくさんの人の視線を受ける事ができるでございましょう。そしてその中から、自分を想《おも》ってくれている視線を見つけ出すのでございますよ。では、そろそろ時間的によろしいでしょうし、部屋に戻《もど》って片付けを再開いたしましょうか？」

乙姫さんはそう締《し》めくくった。

夕方、おおかみさんたちは御伽《おとぎ》銀行地下本店に集まって今日の報告をしていた。

「ほんとひでー目にあったぜ」

「まったくですの」

「ほんと疲《つか》れたっスよ」

あれからGを殲滅《せんめつ》した部屋から全《すべ》てのゴミを運び出し、掃除《そうじ》し、どうにか文明的な生活を送れるまでに部屋を綺麗《きれい》にしたのだが……それがどれほどの苦行だったかは語るまでもない。とりあえず皆《みな》さん汗《あせ》だくで、キロ単位でやせたに違《ちが》いない。

「おつかれさまです。それで、どうだったのですか？」

アリスさんがねぎらいながら聞いた。その問いにおおかみさんたちは顔をしかめて言った。

「……………酷《ひど》かったな」

「……そうっスね」

「部屋の汚《きたな》さもそうですけど……彼女の有り様が酷かったですの」

その言葉にアリスさんが視線を向ける、とりんごさんは少しの沈黙《ちんもく》の後に口を開いた。

「…………彼女は掃除《そうじ》の仕方も物の片づけ方も洗濯《せんたく》の仕方も料理の作り方もなにもかも知らなかったんですのよ」

「……それは本当ですか？」

アリスさんは思わず聞き返してしまう。

「はいですの。当たり前のことを知らない。髪《かみ》があんな感じにぼさぼさな理由とか制服が汚《よご》れてた理由とかがわかりすぎるほどわかりましたの。そしてそのことに疑問を持っていない。全く理解できていない……他《ほか》の星の人と話しているみたいでしたの」

「Gの死骸《しがい》も平気で素手《すで》でつまむしよ」

G嫌《ぎら》いのおおかみさんがブルブルッと震《ふる》えながら言う。部屋を片付けるときに、木崎《きざき》さんは落ちてたGを普通《ふつう》につまんでゴミ袋《ぶくろ》に入れたのだ。

そこで黙《だま》って話を聞いていた頭取《とうどり》さんが唐突《とうとつ》に口を開いた。

「……蟹《かに》の造形ってよく見るとグロいよね？」

「はい？」

いきなり話が飛びすぎて、おおかみさんたちは目をぱちくりさせる。しかし頭取さんは淡々《たんたん》と続ける。

「つぶつぶとかとげとげとかついてたり毛が生えてるやつもいるし、裏っかわなんかごちゃごちゃして手足がたくさん生えててそれがワシャワシャ動いて、口が変な感じに開いて泡《あわ》なんか吹《ふ》いちゃったりして？」

「それはまあ……考えてみればそうっスね」

蟹の姿を脳裏《のうり》に浮《う》かべながら亮士《りょうし》くんが頷《うなず》く。あれはよく見ると確かにグロい。

「だけど僕《ぼく》たちの大部分はそれを見ておいしそうと思う、それは小さい頃《ころ》から当たり前のこととしてそうすり込《こ》まれているからなわけだね？　周囲の人が、テレビが、本が、蟹は食べられるもの、おいしいものという常識を伝えるから、僕らも自然と蟹をおいしい食べ物だと認識《にんしき》している？」

頭取さんはそこでギシリとものに体重をかける。

「……逆に言うと周囲の環境《かんきょう》が異常ならば、普通なら嫌悪《けんお》を及《およ》ぼす物事が普通のことになってしまうこともあるだろうね？」

「それは………あのゴミ屋敷《やしき》もゴキブリも悪臭《あくしゅう》も木崎さんにとっては普通のことなのかもしれないということですの？」

「人間の常識なんて周囲の環境が作り出すものだからね？　んーこれは……ちょっと調べてみる必要があるかもね？　君たちも彼女から昔の話とか聞き出してみて？」

おおかみさんたちは無言で顔を見合わせた後、真面目《まじめ》な表情で頷いた。

その後も連日乙姫《おとひめ》さんの女の道教室は続いていた……

「目で見られる、それはすばらしいことでしょう。しかし、究極は目以外で見られることなのでございます!!」

なんだかおかしなことを言ってる乙姫さん。

この場にいるのは乙姫さん、木崎《きざき》さん、おおかみさん、りんごさんの計四人だ。亮士《りょうし》くんは男なので女の道教室には不要とハブられている。

「目以外で見るとかなにかおかしくねーか?」

そのおおかみさんの問いに乙姫さんが応《こた》える。

「そうでございますね。たとえばでございます。わたくしは一人暮らしである太郎《たろう》様の部屋にたびたび足を運び家事をこなしているのですが、その際鼻歌を歌うようにしています。歌うのは、最新のヒットチャートの上位にある曲でございます。そういう曲は有線放送で流れることが多く、それは店などでよく流れるということを意味します。それがどういう事かと申しますと……その曲を聴《き》いたとき太郎様はわたくしの姿を思い浮《う》かべこう思うでございましょう。

……あ、これ乙姫が歌ってた曲だ」

「…………」

「太郎様の部屋の芳香剤《ほうこうざい》の香りはわたくしが身につけている香水と酷似《こくじ》しています。わたくしがそうなるように選んだのですが。ですので太郎様は部屋に戻《もど》ったときその匂《にお》いをかぎ、わたくしの姿を思い浮かべこう思うでございましょう。あ、これ乙姫の匂いだ」

「…………」

「わたくしは料理の腕《うで》を磨《みが》いています。磨くのみならず、太郎様の味覚の好みを完璧《かんぺき》に把握《はあく》しているのでございます。ですので外食をしたときなどに、太郎様はわたくしの姿を思い浮かべこう思うでございましょう。…………ああ、乙姫の料理の方がおいしいな」

「…………」

「太郎様が浮気《うわき》をして他《ほか》の女性を抱《だ》いたときにも、太郎様はわたくしの姿を思い浮かべこう思うでございましょう。…………ああ、乙姫の方がいい」

乙姫さんはそこでにっこりと笑う。声と口調は清楚《せいそ》で素敵《すてき》でやわらかで耳触《みみざわ》りがとても良く、浮かべているのは癒《いや》される笑顔《えがお》なんですが……なんだかとても怖《こわ》いです。

そんな危ない乙姫さんに、おおかみさんはさっきから言葉がありません。

「触覚《しょっかく》味覚聴覚嗅覚《ちょうかくきゅうかく》、太郎様のあらゆる感覚器官でわたくしを記憶《きおく》させ、ふとした拍子《ひょうし》に太郎様の脳内で再生するようにする。これが目以外で見られるということです。わたくしは四六時中太郎様のお側《そば》にいることはできませんが、心の中にならいることができるのでございます」

「いや、そんなことしなくても乙姫って二十四時間常に浦島《うらしま》の側にいるイメージなんだが」

「そうしたら太郎様は浮気なんてできないでございましょう？　お側にいることは多いですが、

常にというわけではございません」

「…………ま、そりゃそうだな」

浦島《うらしま》さんは今でも時々浮気《うわき》しようとしては乙姫《おとひめ》さんに追いかけられたりしています。浮気しようとするなんてことは乙姫さんが四六時中側《そば》にいてはできないでしょう。

「追いかけなければ、想《おも》われてないのかと不満に思うでございましょうし、追いかけすぎれば鬱陶《うっとう》しいと思われる。何事もバランス良くということでございますよ」

自由に泳いでいるようで、浦島さんは実は乙姫さんの手の上で泳がされているらしいです。

浦島さんは一生乙姫さんに勝てないでしょうね……。ご愁傷様《しゅうしょうさま》です。

「ポイントはさりげなく思い起こさせること。自分を印象に残そうと二十四時間側にいようとしたり、監視《かんし》してすべてを管理下に置こうとしたり、限度を超《こ》えるほどに頻繁《ひんぱん》にメールや電話をするなどは策としては下の下なのでございますよ。相手の心の中に自分を作り上げれば、常にいっしょにいることができるのでございます」

「……すげぇな」

「……さすがですの」

おおかみさんとりんごさんも感心しまくりだ。

「木崎《きざき》様も覚えておいて損はないかと。ずっと見られている感覚……それはそれはすばらしい物でございますよ」

……なんて感じで。

なんというか、いい女というよりしたたかな女教室な気がしますが、まぁ気のせいでしょう。

ですが、その効果は劇的で、木崎さんの部屋は綺麗《きれい》になり、服装はまともになり、髪型《かみがた》も整えられ、化粧《けしょう》なんかも覚え、一般《いっぱん》常識から乙姫さんちに代々伝わっている男を逃《に》がさない方法まで教え込《こ》まれ、木崎さんは中身も外見も普通《ふつう》の……いや美人といってもおかしくないほどになりました。そんなまさに生まれ変わった木崎さんを見てりんごさんが言った。

「……マイフェアレディって映画ありましたのよねぇ」

「ああ、そんな感じだな」

そう、木崎さんは見事なレディになりました。ただ、それだというのに何かが足りない。

それは……

「自信でございますね」

「……自信……ですか？」

乙姫さんの言葉に木崎さんはおどおどと聞く。

「そうでございます。いま、木崎様はどこに出してもおかしくないほどお綺麗になられました。普通の常識や生活するための知識も学び、内面なども順調に成長しているでしょう。ですが、その自信のない雰囲気《ふんいき》が全《すべ》てを台無しにしているのでございますよ」

いくら着飾《きかざ》り、化粧をしても、木崎さんは自信なさげにいつもおどおどしている。これでは宝の持ち腐《ぐさ》れも良いところだ。そんな木崎《きざき》さんを見て、乙姫《おとひめ》さんはとても悲しそうな顔をする。

「……いったいなにが、あなたの自信をそこまで奪《うば》ってしまったのでございますか？」

乙姫さんの問いに木崎さんはしばらく迷った後……小さく口を開いた。

「……師匠《せんせい》は……前言いましたよね？　……価値があるものは見てもらえる。……そして価値のないものは見てもらえない」

木崎さんはそこで顔を大きく歪《ゆが》めた。

「私は……お母さんにも……お父さんにも見てもらえなかった。私はそこにいるのに……そこにいたのに」

おおかみさんたちはその言葉に固まる。

「……一緒《いっしょ》に住んでいたけど……二人とも家にほとんど帰ってこなくて……私は……ただお金だけ渡《わた》されて……いたんです」

その言葉にりんごさんがつぶやいた。

「……ネグレクト」

「育児放棄《ほうき》ってやつか」

おおかみさんも顔をしかめる。

「そのお金で……生きていたんですけど……何もわからなくて……何も知らなくて……だから前みたいに不潔で……誰《だれ》にも見てもらえなかった。ここに来たのも……お母さんが決めたんです……学校も住む場所も……。……お母さんは私と一緒にいたくなかったから……私を遠ざけたんです」

「必要最低限のお金と住む場所を与《あた》えて後は好きに生きろという訳でございますか」

「親はなくても子は育つ……といっても限度があると思いますのよ」

あまりのひどさに、普段《ふだん》はおとなしい乙姫さんですら語調がきつくなる。

浦島《うらしま》さんに対する嫉妬《しっと》混じりのかわいげのある怒《いか》りとは違《ちが》う、ただ純粋《じゅんすい》な怒り。

「でも師匠《せんせい》にいろいろ教えてもらった今なら……なぜ見てもらえなかったか……わかります。誰が好きこのんで……薄汚《うすよご》れて……見苦しくて……暗くて……気持ち悪い……そんな人間に関《かか》わろうと……するでしょう」

綺麗《きれい》な部屋で綺麗な服を着ておいしいものを食べる。そんな当たり前の暮らしをして、木崎さんは初めて自分の当たり前だと思っていたものがどれほど酷《ひど》いものなのか知った。

「そう……私は……見てもらえなくて……当たり前……だったんです」

うつむき言う木崎さんに乙姫さんは諭《さと》すように言う。

「……木崎様、あなたは何も悪くはございません。ただ教えられていなかっただけ。悪いのはなにも教えず構わなかったにもかかわらず、結果だけを見てあなたを見なかったご両親で、あなたではございません。

それに……昔見てもらえなかったかもしれませんが木崎様は変わりました。あなたは昔の自分をどう思いますか？　昔の自分に戻《もど》りたいでございますか？」

「いやです……あんな暮らしはもういや……です」

「なら、あなたは昔とは違《ちが》うのでございますよ。だから自信を持って……」

その乙姫《おとひめ》さんの言葉にも木崎《きざき》さんは顔を上げず……絞《しぼ》り出すようにして言った。

「お母さんが……言ったんです。あんたなんて……生むんじゃなかったって。あんたみたいなかわいくない子だと知ってたら生まなかったって。それ以来……一度もお母さんは……私を見ないんです」

おおかみさんとりんごさんは絶句する。

「こうやって……変わって……それでも誰《だれ》にも見向きされなかったら……私は……私は……」

木崎さんはそこで悲しみと恐怖《きようふ》に染まった顔をのろのろと上げた。

「………………もう誰にも見てもらえない」

木崎さんの頰《ほお》を涙《なみだ》が伝う。

今まで見てもらえなかった理由はわかった。それを理解し乙姫さんたちの協力で克服《こくふく》した。

その結果、見てもらえれば問題ない。

しかし、それでも見てもらえなかったのなら……それは何をどうやっても見てもらえないということ、自らの存在に価値がないという烙印《らくいん》を押《お》されることに他《ほか》ならない。

「私は……それが怖《こわ》い。……すごく……怖い」

木崎さんは涙を流し怖がる。

両親に見てもらえなかったことが木崎さんの自信を根こそぎ奪《うば》い取り、恐怖を植え付け、誰かの視線を渇望《かつぼう》させた。

おおかみさんとりんごさんはそんな木崎さんに言葉が出ない。しかし、目を閉じ木崎さんの独白を聞いていた乙姫さんは……話し終わった木崎さんに凛然《りんぜん》と言い放った。

「では、わたくしがいくらでも見て差し上げましょう」

木崎さんの視線が乙姫さんに向く。

「自分が信じられないならわたくしを信じてくださいませ。ここまで綺麗《きれい》になったあなたを、わたくしは誇《ほこ》りに思っています。なにより……あなたはわたくしの教え子でございますよ？　弟子《でし》の面倒《めんどう》を見ない師匠《ししょう》がどこにいますか」

乙姫さんのその迷いのない様子を、木崎さんはまぶしいものを見るように目を細めて見上げる。木崎さんを見つめる乙姫さんは美しく価値のある存在で……自分のような汚《きたな》らしい存在とは全く違って……乙姫さんの気持ちとは裏腹に木崎さんの心に浮《う》かんできたのはあきらめ。

だめだ、私はこの人のようにはなれない……

「わっ私は……」

木崎《きざき》さんがあきらめの言葉を発しようとすると、乙姫《おとひめ》さんはすっとパスケースを差し出した。

「………これを」

受け取った木崎さんがおそるおそる開くと、そこにはものすごく良い笑顔《えがお》で歯を光らせた浦《うら》島《しま》さんのブロマイド風写真が……

「間違《まちが》えました」

乙姫さん、お茶目です。

「これを」

次に出したのは先ほどとは違うパスケースだった。

開くとそこには………デブで姿勢が悪く伏《ふ》し目がちで自信なさげな表情をした一人の少女が写っていた。

「……これは？」

「昔のわたくしでございます」

「……えっ!?」

驚《おどろ》く木崎さん。見比べてみるが、全く今の面影《おもかげ》はない。

「これは自戒《じかい》のためにいつも持ち歩いているのでございます。昔のわたくしは不摂生《ふせっせい》で太り、自信がなくて常にうつむき姿勢は悪く、誰《だれ》の視線からも隠《かく》れるように目立たなく生きていました。亀《かめ》のように丸まり、あきらめという甲羅《こうら》で自分を覆《おお》っていた………太郎《たろう》様に見つけていただくまでは。そして心を救っていただくまでは」

乙姫さんはそこで木崎さんにほほえみを向ける。

「わたくしは、あなたを他人とは思えないのでございますよ。だから力をお貸ししているのです。そして太郎様がわたくしを見つけ導いてくれたように、今度はわたくしがあなたを導きたいのでございます。木崎様、もう一度言います。あなたはどこに出しても恥《は》ずかしくない素敵《すてき》な女性になれます。ですから前を向きましょう、大丈夫《だいじょうぶ》わたくしが後ろで見ています」

この綺麗《きれい》で輝《かがや》いている人も昔は誰にも見てもらえない石ころだった。それでも努力してこんな誰もが振《ふ》り向くような人になった。自らを磨《みが》いて今みたいに価値のある存在になった。

なら……私もがんばれるかもしれない。この人みたいになれないまでも、がんばれば誰かに見てもらえるかもしれない。この人みたいに、自信を持って前を向けるかもしれない……。

木崎さんはゆっくりと顔を上げた。その瞳《ひとみ》に映っているのはあきらめではなく少しの決意、恐怖《きょうふ》ではなく小さな希望。

木崎さんは、乙姫さんの目を見返し、そして頷《うなず》いた。

「…………………はい」

師匠《ししょう》と弟子《でし》が心を通い合わせた次の日から、乙姫さんのトレーニングはさらに過酷《かこく》を極《きわ》めた。

「見せるだけならおさるでもできるでございましょう!!　そう、見せるのではございません、魅《み》せるのでございます。凪を読んで凪に身を任せ……さりとて最後の一線は守り通す。それが良い女の心意気というものでございます。ではそれを心に刻み込《こ》んでから、もう一度鏡の前でスカートひらめかし百回!!」

「……はっ……はい」

「四六時中周囲に気を配ってくださいませ、男子たるもの外に出れば七人の敵がいると思えと申しますが、女子たるもの外に出れば七回の出会いがあると思いなさい。そう、出会いはどこに転がっているのかわからないのでございますよ!! どんな些細《ささい》なことでもロマンスに発展する可能性がございます。ゆえに隙《すき》を見せない……隙を見せるのは自分の部屋だけで十分でございます!!」

「……はい」

「下着は女性の戦闘服《せんとうふく》でございます。いつ死んでも大丈夫《だいじょうぶ》……というような覚悟《かくご》の下に必要最低限の気配りは忘れないこと。たとえば今ここで事故に遭《あ》い救急車で運ばれたとしましょう。その時見るも無惨《むざん》な下着を身に着けていたならば……始まるはずだった恋も始まらないでございましょう!!」

「はい」

「化粧《けしょう》は女を強くします。なぜなら、化粧をすれば嫌《いや》がおうにも泣けなくなるのでございます。泣くと化粧が崩《くず》れますから。そして強さがあるからこそ、ここ一番での涙《なみだ》が光るのです。すぐ泣く女は嫌《きら》われますが、泣かない女の涙は武器になるのでございますよ!!」

「はい!!」

なんというか………のりのりの乙姫《おとひめ》さん。木崎《きざき》さんもそれに釣《つ》られて少しずつ盛り上がっていきます。

そんな師弟《してい》を見ながらおおかみさんは言った。

「なあ、りんご………オレらいらなくね?」

「確かにもう、乙姫さんに任せちゃった方がいいかもですのね。私たちも別に暇《ひま》なわけじゃないですし」

りんごさんはおおかみさんの言葉に少し呆《あき》れ気味に頷《うなず》いた。

「次はわたくしが方向を指示しますから、そちらに自らの姿が一番映《は》える角度を向けて挨拶《あいさつ》をしてくださいませ。では………十二時の方向」

「おっおはようございます」

「声が小さ過ぎでございます!!　聞こえなくては意味がありません、さりとて余裕《よゆう》もないといけません、挨拶なのでございますから。あと身体《からだ》の向け方が不自然すぎでございます！　自然に何の違和感《いわかん》も覚えさせず、自らのもっとも美しい姿を相手に見せるのでございます!!　雄《おす》のクジャクが一番美しく見える角度で羽を広げて美しさを雌《めす》に見せるように!!」

「はい！　師匠《せんせい》………」

「もう一度………」

「…………」

「……」

木崎《きざき》さんにばかり構ってはいられないとおおかみさんたちが乙姫《おとひめ》さんに木崎さんの事を任せてから時は流れ……今日は夏休み中旬《ちゅうじゅん》から終盤《しゅうばん》にかけてのお約束、実にめんどくさい行事である登校日。

前日に乙姫さんから木崎さんのお披露目《ひろめ》をするので早めに校門で待っててくださいませというう電話をもらったおおかみさんとりんごさんは校門の前にいた。亮士《りょうし》くんもいますが、それは自分たちだけが朝早く起きるのはしゃくだったのでおおかみさんが道連れにした結果だ。

「ふぁ～あ、うー……ねみぃ」

「夜更《よふ》かしするからですの」

「だって、いつもならまだ寝《ね》てる時間だぞ。実はお前も眠《ねむ》いだろ」

「それはまぁそうなんですけど……ふぁふ」

「夏休みも半分切ったっスし、生活習慣戻《もど》さないとまずいっスよ?」

「……そういうおまえは平気そうだな」

「いやまあ、あいつらの散歩でおれはいつも朝早いっスからね」

「オッオレだって犬がいれば早起きだって何だってできるんだよ!!」

「…………涼子《りょうこ》ちゃん、何で張り合ってるんですの?」

なんて三人が眠い目をこすりつつだべっていると、ちらほらと登校する生徒たちの姿が見えてきた。そんな生徒たちをぬぼーっと眺《なが》めてどれくらい経《た》っただろうか。生徒たちの数がどんどん増えていき……そんな中、なぜだかわからないが急に周囲が騒《さわ》がしくなってきた。

「……なんだ?」

おおかみさんが目をこらすと人だかりが二つに分かれ道ができ上がり…………そこをものすごい美人がしゃなりしゃなりと歩いている。そのまっすぐに伸《の》びた背は自信にあふれ、穏《おだ》やかな笑《え》みは余裕《よゆう》を感じさせ、風に揺《ゆ》れる整えられた髪《かみ》は朝日を浴びて王冠《おうかん》のように輝《かがや》き、隙《すき》のない制服の着こなしはセンスを感じさせる。

そんな美人に見とれ、自転車通学している一人がふらつき彼女の前で倒《たお》れた。その男子生徒にさりげなく手を貸す美人さん。

「お怪我《けが》はありませんでしたか?」

「はっはい」

「そうですか、それはよかった。でも、よそ見をしていると危ないですよ?」

「…………はい」

ぽーっと頬《ほお》を赤く染める男子生徒に会釈《えしゃく》すると、その美人さんは再び校門に向け歩いていく。

近づいてくるとその女性の顔がはっきりと見え始め、おおかみさんはつぶやいた。

「…………………………………………育てすぎだろう」

「なんというか……………完成しちゃってますの」

「……………人って……ここまで変われるものなんスねぇ」

その美人さんの正体はおわかりのように……

「皆《みな》さんお久しぶりです」

……木崎《きざき》さんでした。

「ああ……久しぶりだな」

「ですの」

「チワッス」

おおかみさんたちの前で足を止め挨拶《あいさつ》をする木崎さんに、おおかみさんたちも挨拶を返すが
……目の前のことがどうにも理解し切れていない。劇的ビフォーアフターなのですが、劇的すぎてもはや別人になっちゃってます。

「先日は大変お世話になりました。皆様のおかげで私は……変わることができました」

「いえいえ、全部木崎さんの努力の成果ですのよ」

「それもこれも皆さんの力添《ちからぞ》えがあったからです。……本当にありがとうございました」

深々とどこから見ても美しい完璧《かんぺき》な角度でお辞儀《じぎ》をする木崎さん。

「それでは……」

そして木崎さんは校舎に向かう。うつむかず、前を見て、生まれたばかりの自信を胸に。

その姿にすれ違《ちが》う男たちが視線を向ける。男だけでなく女性も……今の木崎さんには確かに価値があった。それは木崎さんが自らの努力で築き上げたもので……それゆえに美しかった。

「……どうでございましたか？」

木崎さんが居なくなってもその場から動けずにいたおおかみさんたちに、いつの間にか側《そば》に来ていた乙姫《おとひめ》さんが言った。

「多少緊張《きんちょう》して堅《かた》さは残っていたようですが、それでも木崎様は十分 及第点《きゅうだいてん》の素敵《すてき》なレディでございましたでしょう」

「……アレで完璧じゃないのかよ」

驚《おどろ》きを通り越《こ》して呆《あき》れた感じのおおかみさん。恐《おそ》るべしは女の道です。

乙姫さんは木崎さんの後ろ姿を誇《ほこ》らしげに見ながら口を開いた。

「木崎様は服を纏《まと》っていたのでございますよ……。馬鹿《ばか》には見えない服……といったら言い過ぎでございますけど、親しくなってよく見ないと見えない服……トラウマという見えない服を」

「誰《だれ》にも見てもらえなくて、でも誰かに見てもらう……自らに価値があると思いたくて木崎さんは裸《はだか》の女王様になってたんですのね」

「……でもまあ、二度と現れることはねーだろ。乙姫《おとひめ》がその服に気づいて脱《ぬ》がしちまったんだから」

「はい。トラウマを脱ぎ去った……心を縛《しば》り付けていた鎖《くさり》から解き放たれた木崎《きざき》様は……あんなにも素敵《すてき》な女性なのでございますから」

裸《はだか》の心で颯爽《さっそう》と生徒たちの前を歩く木崎さんは、価値のある宝石のように美しく光り輝《かがや》いていた。


「……ありがとうございます」

木崎さんの高校デビューを見届けた乙姫さんはふいに口を開いた。

「は？」

「へ？」

唐突《とうとつ》な感謝の言葉におおかみさんとりんごさんは変な顔をした。そんな二人を見て、乙姫さんはにっこりほほえむ。

「なし崩《くず》しでいつの間にか皆様《みなさま》のお仲間に加わっていたわたくしですが、最近とても楽しんでいるんでございますすよ。昔のわたくしのように飛び方を知らない少女たちに飛び方を教える。それはとてもやりがいのある仕事です」

最近色々な女の子たちの相談に乗り乙姫さんは師匠《せんせい》と呼ばれてたりするんですが、実は自分も楽しんでいるようですね。

「彼女たちがわたくしのように素敵な伴侶《はんりょ》を見つけて幸せになってくだされば、わたくしとしてもとてもうれしいことでございます」

乙姫さんがそういって歩いていく木崎さんの後ろ姿を見ながらつぶやいた。

……と、ここで終わったら素敵で綺麗《きれい》だったはずなのに、

「どうも初めましてボクの名前は浦島《うらしま》といいます!!」

乙姫さんの素敵な伴侶浦島さんがどこかから現れ、木崎さんをナンパし始めた。

「どうです、放課後お茶でもご一緒《いっしょ》に。今日のような日差しの強い日にあなたのような美人が外にいてはいけませんからね。紫外線《しがいせん》はお肌《はだ》の大敵ですし、水分を適度に取らないと熱射病になってしまう!!　ああ、それは大変だ!!　あなたのような美しい人がそのような目に遭《あ》うなど神が許してもこの浦島が許すわけにはいきません!　だからボクと喫茶店《きっさてん》かどこかに行きませんか……」

「…………」

「…………」

とりあえず言葉がないおおかみさんとりんごさん。空気の読めなさここに極《きわ》まれりって感じです。

そんな浦島さんに、乙姫さんはぷるぷる震《ふる》えたあと叫《さけ》んだ。

「太郎《たろう》様っ!!」

そんなわけでトラウマという見えない服を脱《ぬ》ぎ捨てた木崎《きざき》さんは……一躍《いちやく》ミス御伽《おとぎ》学園のランキング上位に躍《おど》り出ました。

夏休み明けに垢抜《あかぬ》けて、うわー大人の階段登っちゃったかーという生徒はこの時期の風物詩なのでしょうが、木崎さんの場合変わりすぎていた。大人の階段をもう二段抜かしとか三段抜かしというレベルですからね。

おかげで光に誘《さそ》われる蛾《が》のように木崎さんに群がる調子の良い馬鹿《ばか》が大発生。

「好きです。付き合ってください!!」

「……もうしわけございません」

しかし、乙姫《おとひめ》さんに仕込《しこ》まれた木崎さんがそんなのに引っかかるわけもなく、やんわりとかわしています。

木崎さんはこれから乙姫さんのように素敵《すてき》な伴侶《はんりょ》を捜《さが》し、そしていつか見つけ幸せになるのでしょう。もう木崎さんは誰《だれ》にも見てもらえない裸《はだか》の女王様ではないのですから。

……浦島《うらしま》さんが素敵かどうかについては異論は多々ありますでしょうが。

そして乙姫さんの激しいキャラ立ちに途中《とちゅう》から空気化してしまったおおかみさん（ヒロイン）ですが…………実は陰《かげ》で色々かわいい行動してたりしてたので、最後に書き記しておきます。

題して『おおかみさんぴらぴらする』

「たんこぶできてますの一」

木崎さんちを大掃除《おおそうじ》した日の夜のこと。自分たちの部屋に帰ったばかりのりんごさんが頭を押《お》さえながら言った。

「……知るか」

おおかみさんは未《いま》だに不機嫌《ふきげん》な様子だ。鞄《かばん》を放り投げて、ベッドにぼふっと倒《たお》れ込む。

おおかみさんの不機嫌な理由はわかってます。パンチラ事件とかGで号泣《ごうきゅう》事件とか色々ありましたからね。ちなみに、りんごさんのたんこぶはおおかみさんチョップの影響《えいきょう》でしょう。

「じゃあまあご飯作っちゃいましょうか……って買い物するの忘れてましたの。じゃあ涼子《りょうこ》ちゃん……」

一緒《いっしょ》に行きましょうなんて続けようとしたりんごさんですが、ぶすーっとしたままのおおかみさんを見てしかたなく一人で行くことにする。

「……おるすばんしててくださいの、私がささーっと買ってきますから」

「…………」

おおかみさんは返事をしない。完全にすねてます。

「……はぁ、じゃ行ってきますの」

これは涼子《りょうこ》ちゃんの好きな物でも作って機嫌《きげん》取らないといけませんの―なんて考えながら、りんごさんは部屋を出る。

その後玄関《げんかん》のドアが閉まる音がしてからしばらく、おおかみさんは無言でテレビを見てましたが…………何を思ったのかおもむろに立ち上がり所在なげにうろうろした後、部屋の隅《すみ》にある姿見の前で立ち止まった。

「…………」

そこでいったい何をするのかと思ったら、おおかみさんは制服のスリット入りロングスカートを両手でたくし上げた。

鏡に映ったミニスカ状態の自分を無言で眺《なが》めるおおかみさん。

そしておおかみさんは……

ぴらっ

さりげなくスカートをひらめかせた。

今度は角度を変えて、

ぴらっ

どうやらおおかみさんは乙姫《おとひめ》さんの『女の価値はどうスカートの中を見せるかで決まる』という発言が気になってるようです。りんごさんのせいで亮士《りょうし》くんにパンモロ見せちゃったので、たぶんその辺りも影響《えいきょう》しているんでしょうね。

ただ、途中《とちゅう》から当初の目的を見失っちゃったらしく、おおかみさんはいろんなポーズでぴらぴらし始める。なんだか楽しくなってきちゃったんでしょう。

そんな感じでノリノリのおおかみさんだったが……ふと視線を感じ振《ふ》り向いてみる。すると部屋の扉《とびら》が少し開いていてそこからつぶらな瞳《ひとみ》がのぞいていた。

「……」

「……」

目があった。

「……」

「……」

すごく目があった。

「……」

「……」

ものすごく目が……そこでようやくおおかみさんは覚醒《かくせい》する。

「なっりんご!!　おっおまっおまおまっ」

でもおおかみさんは真っ赤っかで口から出る言葉も言葉になってません。

「おまっ!!」

多分『おまえいつからそこにいやがった!!』とか言いたいんでしょうね。

そんなおおかみさんにりんごさんは申し訳なさそうに言い訳をしながら部屋に入ってくる。

「おっお財布忘れちゃったんですのよ」

「いっいつ……いつ?」

おおかみさん完全にパニくってます。真っ赤な顔で詰《つ》め寄ってくるすごい迫力のおおかみさんにりんごさんは思わず後ずさります。

「おっ……お店まで行ってお財布忘れたことに気がついたので、今帰ってきたばかりなんですの。ホントですのよ?」

りんごさんは信じてくれと言うきりっと真面目《まじめ》な表情をする。でも、口元がぴくぴくしているような気がするんですが気のせいですか?

「……………ほんとか?」

「…………………………………………………………………………………ぷひょっ」

そこで吹《ふ》き出したら意味ないですよ、りんごさん。というわけで重要な場面は全《すべ》て見てましたと行動で白状しちゃいました。

「りっりんご〜〜〜〜〜〜〜〜〜〜〜〜っ!!」

おおかみさんの叫《さけ》び声が部屋に響《ひび》き、りんごさんが逃《に》げまわる。
ちなみにおおかみさんの機嫌《きげん》は三日は元に戻《もど》らなかったそうな。
というわけで…………

めでたしめでたし（おおかみさん以外）

オオカミさんと素敵な設定画

～おおかみさん～

日夜、読者の皆さんに喜んでもうらうために、うなじ画伯は陰ながら努力をしているのです。表に出ないキャラ設定画も、ほら、こーんなにたくさんあります。ご堪能あれ。

【初期設定】 今よりもややコワモテかも？　ねこねこナックルの作り込みがハンパじゃありません。

【完全武装バージョン】
戦闘用の衣装もちゃんとあるんです。

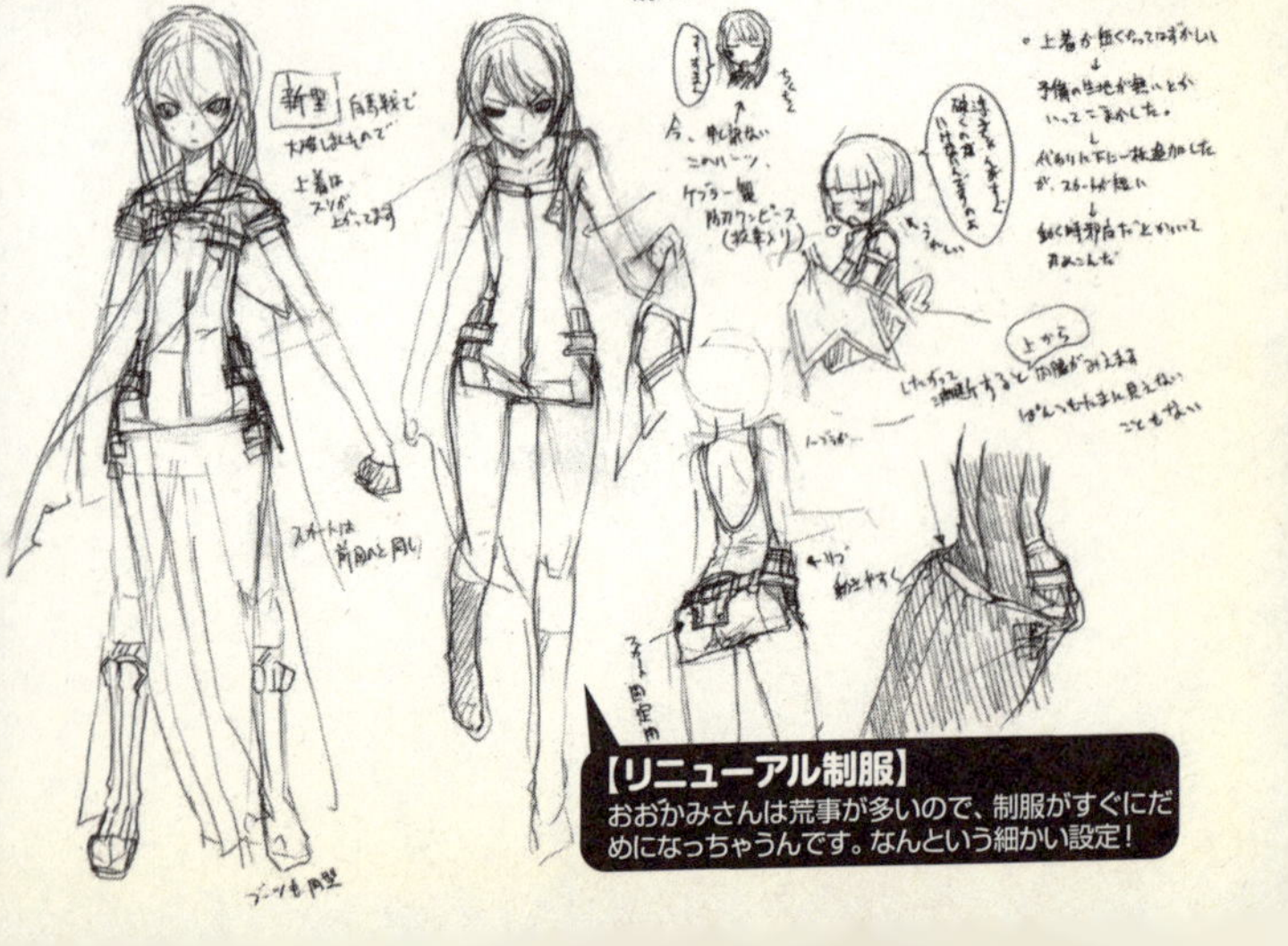

【リニューアル制服】
おおかみさんは荒事が多いので、制服がすぐにだめになっちゃうんです。なんという細かい設定！

おおかみさんお馬鹿《ばか》きわまりないジャックとその仲間たちと対決する

これは遥《はる》かなる高みを目指した漢《おとこ》たちの
長きにわたる戦いの記録である。

ある夏の日、木の陰《かげ》でおおかみさんは昼寝《ひるね》をしていた。場所は御伽《おとぎ》銀行地上支店のすぐ隣《となり》にある体育棟《とう》の裏辺り。こんなところで寝ている理由は簡単、御伽銀行地下本店の仮眠室が占拠《せんきょ》されていたから。占拠してるのはもちろんあの超《ちょう》不純異性交遊カップルの浦島《うらしま》さんと乙姫《おとひめ》さんだ。

ならソファがある地下本店の大広間の方で寝ればと思うかもしれませんが、女の子なおおかみさんは寝顔を見られるのが恥《は》ずかしいのです。亮士《りょうし》くんがいたりしますからね。最近ちょっぴりそういうことが気になる年頃《としごろ》なのかもしれません。ま、というわけで、そんなおおかみさんがやってきたのがここなわけです。人通りが少ないし木陰で比較的涼《ひかくてきすず》しいし時折さわやかな風が吹《ふ》くし……とおおかみさん的昼寝スポットの一つなのです。

「ん……うぅん」

おおかみさんは寝ながらなんだか色っぽい声を出す。

おおかみさんがこんな真っ昼間から堂々と寝ていられるわけは、つい先日御伽学園は夏休みに突入《とつにゅう》したから。

待ちに待った夏休み、自由な時間が増えたおおかみさんはどんな生活を送っているかというと、りんごさんと家でだらだらしたり、ジムに顔を出して汗《あせ》流したり、雪女《ゆきめ》さんちに犬と遊びに行ったりといった毎日だ。でも、それだけでなく学校にも顔を出してる。おおかみさんの所属する御伽学園学生相互扶助《そうごふじょ》協会、通称《つうしょう》御伽銀行は夏休みでも活動しているのだ。クラブ活動で学校にやってくる生徒は数多いしね。

とはいえ、依頼《いらい》は来ますが授業がない分、時間に余裕《よゆう》ができている。なので、おおかみさんはこんなにもフリーダムなわけです。

木にもたれかかって、おおかみさんはすーすーとかわいらしい寝息をたてている。いつもの凶暴《きょうぼう》さはどこにもありません。おおかみさんの怖《こわ》さの何割かを占《し》めるそのきつい目つきはまぶたで封印《ふういん》されていて、その寝顔はまさに子犬のような愛らしさです。

しかしそんなすんごくかわいいおおかみさんの至福の時間を邪魔《じゃま》する空気の読めない奴《やつ》が現れた。

「……あの、すいません」

その声にうにゃうにゃ言いながら目覚めたおおかみさんは非常に不機嫌《ふきげん》そうに言った。

「…………あん？」

「ひっあの、すいません」

おおかみさんの目の前にいたのはまとまりの悪い茶髪《ちゃぱつ》を帽子《ぼうし》で隠《かく》した気の弱そうな少年だった。そばかすが年齢《ねんれい》より若く見せているのか一年生にも見えますが、でもなぜか三年生の雰囲《ふんい》気《き》も漂《ただよ》わせて実際の年齢が推測できない。

「ひっ」

その少年は寝起きのおおかみさんの剣呑《けんのん》な目つきにおびえている。

「………」

でもおおかみさん的には脅《おど》しているつもりは毛頭ない。ただ寝起《ねお》きなだけ。

「あっあの、その木に水をやるので……そっそこをどいてもらえますでしょうか？」

少年はおそるおそる言う。オーバーオール風に改造された制服がなんかの作業してまっせと主張しているところから見て、園芸部か何かだろう。

「………」

おおかみさんはそのお願いに無言で従う。寝起きで頭働いてないのか素直《すなお》です。

「よし、うん今日も元気だな」

おおかみさんに退いてもらった後、その少年は木をぽんぽん叩《たた》きつつ話しかける。某《ぼう》動物王国のあの人みたいですが、相手は動物じゃなくて植物です。

「………………なにやってんだ？」

普段《ふだん》のおおかみさんなら他人とこんなに関《かか》わろうなんてことはしないが、頭がはっきりしてないので思わず疑問に思ったことを口に出してしまったようだ。

「えっ、これですか？　話しかけてるんですよ」

「……木にか？」

「そうです」

おおかみさんは木を見上げる。

「……木に話しかけたってなんも返ってこねーだろ」

おおかみさんの好きな犬は呼べばこっちに来るし、かわいがればかわいがるほどなついてくれる。それにふわふわなのだ。今は夏毛に生え替《か》わっているのでボリュームは少し減ったが、これはこれでという感じなのだ。それに比べて……とおおかみさんは怪訝《けげん》そうな顔をする。

「そんなことはないですよ。確かに言葉は返ってこないですけど、ちゃんと応《こた》えてはくれます。植物は手をかければかけるだけ元気に育ってくれるんですよ」

「そんなもんか。……………そんなもんかもな」

おおかみさんは何となく小学校の頃《ころ》に種から育てた朝顔のことなんかを思い出してみる。芽が出ただけで大喜びした記憶《きおく》が……確かにちゃんと世話をしたら綺麗《きれい》な花を咲かせてくれた。

「……………邪魔《じゃま》したな」

ひとしきり納得《なっとく》した後、ふぁうあ～とあくびしながらその場を立ち去ろうとするおおかみさん。そんなおおかみさんに、少年は人の良さそうな笑顔《えがお》を向ける。

「気持ちよく寝ているところを起こしてしまってすいません。あっぼくは今園芸部でジャックをしてるので、校内の植木や植物の事で何かで気になることがありましたら声をかけてくださいね」

「…………ああ」

なにやら聞き覚えのない単語があったが、半覚醒《はんかくせい》状態のおおかみさんはそのままスルーして歩いていった。

「おい、亮士《りょうし》」

なんだか知りませんが、今日はおまえいらんかえれ（かなり意訳）とアリスさんに言われた亮士くん。することもなく、これからどうしようかなーなんて校内をぶらぶらしていたら後ろから知った気配が近づいてくることに気がついた。

振《ふ》り向くとそこには最近よく見るようになった顔があった。

「あっ、浦島《うらしま》さんっスか。どうしたんスか？」

「おう、おまえを探してたんだよ。…………で、唐突《とうとつ》だがおまえを男と見込《みこ》んで頼《たの》みたいことがある」

「どんな用っスか？」

「いいからついてこい。歩きながら話す」

浦島さんは後ろも見ずに歩き出す。まあ暇《ひま》だしいいかと、亮士くんはおとなしくついて行く。

「……で、頼みたい事ってなんなんすスか？」

「そのまえに……だ。コレから見る物は他言無用、頼みたいことについても他言無用。もちろん大神《おおかみ》にもだ。無理ならこの場で断ってくれ」

「えーと、そんなこと言われても……何が何だか分からないのに、そんな判断下せないっスよ」

「……そりゃそうか。でも、これから見るものを他言しないくらいは誓《ちか》っても大丈夫《だいじょうぶ》だろ。俺《おれ》を信用してくれ、別に悪さしているわけではないからな」

「……それくらいなら」

亮士くんは頷《うなず》く。

「それで十分。協力するかしないかはこれから行く場所に着いて、話を聞いてから決めてくれ」

「はいっス」

「男と男の約束だぞ」

「男と男の約束……」

男と男の約束という言葉に、亮士くんはじーんと来る。亮士くんは田舎《いなか》育ちで同年代がいない環境《かんきょう》で育ったので男の友達がまともにできたことなく、こんな約束をしたことなかったので感動したんでしょう。

「よし、じゃあいくぞ」

「了解《りょうかい》っス」

亮士くんは浦島さんにつれられて校内を歩く。

「で、いったいどこにつれてかれるんスか？」

その問いに浦島さんは自信満々に答えた。

「女子禁制フェチの集《つど》いだ!!」

「…………なんなんスか、そのどうしようもなく駄目《だめ》な集いは」

心底呆《あき》れて言う亮士《りょうし》くん。しかし次の言葉に驚愕《きょうがく》する。

「なにを言う、この足フェチが」

「なっ!?」

……そのあからさまな反応からして事実っぽいですね。

「なぜわかったかだって？　そんなもの簡単だ、同類は同類を呼ぶ。極《きわ》めていけばおまえもわかるようになる」

亮士くんは思った。マジ極めたくねぇ。

ともかく、同じような行動取ってるヤツがいたらそれは同じ趣味《しゅみ》の人ですよね。そうでなくても視線の向いている方向を見ればわかってくるものでしょう。

「ふっおまえの視線が時々大神《おおかみ》のロングスカートのスリットからのぞく足にちらちらと向いていることは知っている」

「ううっ」

「大神に殴《なぐ》られるときより蹴《け》られるときの方がちょっとだけうれしいと思っていることも知っている」

「そっそんなことまで」

否定しない亮士くん、どうやらこれも事実らしいです。しかしまあ馬鹿《ばか》正直に肯定《こうてい》するのもなんだし……と、亮士くんは質問を返すことでこの場を乗り切ろうとする。

「うっ……そういう浦島《うらしま》さんは何フェチなんですか？」

「そうだな………しいて言うなら女体《にょたい》フェチか？」

何その広さ。

「俺《おれ》はとにかく女の子が好きなわけだよ。綺麗《きれい》で柔《やわ》らかくて良い匂《にお》いがして華奢《きゃしゃ》で壊《こわ》れそうでそれでいて神秘的でしっかりとした存在感を持っている。まあ、女の子の全《すべ》てが好きなわけだ。おっぱいフェチとも足フェチともうなじフェチともくびれフェチともおしりフェチとも話が合うしな」

実に自慢《じまん》になりません。

「これからつれてくのはそんなフェチたちの集い、御伽《おとぎ》学園の男だけで作られた裏の組織だ。まあ、同じ趣味のヤツ探して情報交換《こうかん》、資料（要するにエロ本）の貸し借り、普段《ふだん》はおおっぴらに語り合えない趣味について語り合う場と考えりゃいい」

その言葉に、亮士くんは曖昧《あいまい》に頷《うなず》く。

「……はぁ」

「あれだ、おまえもあるだろ。唐突《とうとつ》に足について誰《だれ》かと心ゆくまで語り合いたくなったことが」

「それにしても……おれより遅《おそ》くここに入学したのに、もうそんな組織に入ったんスか？　おれ、そんなの誘《さそ》われたことないっスよ？」

亮士《りょうし》くんは即答《そくとう》する。

「ないッス」

「だから言ったろう同類は同類を呼ぶ。俺《おれ》の場合は転校してきて一週間で向こうから接触《せっしょく》してきたぞ」

亮士くんは入学してしばらくは、他人の視線を集めないためというすさまじく駄目《だめ》な理由で文字通り空気やってたんで親しい友達がいないですしね。

それは同類過ぎでしょう。

まあ、それはともかく、浦島《うらしま》さんは顔が良くて女にもてそうではっきり言って一部の人間にとっては思い切り嫌《きら》われそうな感じなんですが、実はそんなことありません。理由は馬鹿《ばか》だから。ナンパして乙姫《おとひめ》さんに追いかけられて情けなく泣きわめいてるところがいろんな人に目撃《もくげき》されてますからね。まあ、彼女持ちと言うことで嫉妬《しっと》されるということもあるでしょうが、致《ち》命的《めいてき》な所まで行ってません。時々玉手箱でも開いたかのように思いっきり老《ふ》け込《こ》んでやつれて青い顔してふらふらしてたりしますからね。あの哀《あわ》れな姿を見たら、嫉妬どころか同情してしまうでしょう。

なので浦島さんはフェチの集《つど》いなんていう馬鹿な集団に誘われたんでしょうね。

「ま、そういうわけで今度は俺がおまえを勧誘《かんゆう》することにしたわけだ。将来有望な足フェチがいると……さっき言ったように力を貸して欲《ほ》しいという理由はあるんだが、それは話を聞いてからおまえが判断してくれ」

「了解《りょうかい》っス」

駄目な匂《にお》いがぷんぷんしてますが、それでも乗りかかった舟《ふね》だと亮士くんは頷《うなず》いた。

とん　とと　とんとん　とんとん

校内某所《ぼうしょ》にあるとある教室の前で浦島さんが扉《とびら》をリズミカルにノックすると中から声が聞こえてきた。

「フェチとは?」

「真理を追い求める智《ち》の探求者である」

「入れ」

扉が開いた。

合い言葉なんでしょうが………ヤな合い言葉もあったものです。

亮士くんが浦島さんの後に続いて中に入ると、そこにはとてもむさ苦しい男の世界があった。

「おお、新入りですか」

その中の一人が浦島さんに話しかけてきた。

「体験入会といったところだが、将来有望な足フェチだ」

「ほほう、足フェチですか。足も良いものです」

「いやいや、うなじもすばらしいですよ。髪《かみ》をアップにしたときのうなじと後《おく》れ毛のコラボレーションに勝《まさ》るものはこの世にそうはない」

……こうやってお互《たが》いの趣味《しゅみ》をほめあうのが、どうやらここでの流儀《りゅうぎ》らしいです。

亮士《りょうし》くんは浦島《うらしま》さんとうなじフェチさんの会話を聞こえないふりしながら周囲を見回す。

教室中から視線を集めているため錯乱《さくらん》までのカウントダウンが始まっていますが、昔とは違《ちが》いもう少し持ちそうです。亮士くんは少しではありますが進化してます。まあ、マイナス１００がマイナス50になったようなもので駄目《だめ》なことには変わりないんですが。

「では、体験入会とはいえ一応宣誓《せんせい》をしてもらいましょうか」

そのうなじフェチさんはごほんと咳払《せきばら》いをした後、神妙《しんみょう》な声に変え亮士くんに言った。

「一つ、ここでの出来事は他言無用である。二つ、ここを出たらいかに語り合った仲でも他人となる。逆に外でのいざこざもここでは忘れる。三つ、ここで得た情報を悪用しない。真のフェチとは観察者であるべきだからだ。これらが守られない場合は男子全《すべ》てからの信頼《しんらい》を失うだろう。それでもなお、あなたは真理に近づくことを望むか？」

「えーと、望むっス」

望まないと言える雰囲気《ふんいき》じゃないので、亮士くんは素直《すなお》に宣誓する。

「よろしい、では一時的にですがあなたを我らの同胞と認めましょう」

そしてうなじフェチさんはもといた席に戻《もど》っていった。

「じゃ亮士、ついてこい」

終わったのを見届けた浦島さんは亮士くんを連れて教室の中を歩き出す。教室は特別教科用の教室なので普通《ふつう》の教室より広い。そんな中にいくつもの男たちの集団ができていてなにやら熱心に語り合っている。亮士くんは興味深げにそれを見渡《みわた》していたが、ふと見覚えのある顔を見つけた。

「あれは……」

亮士くんが見ていると相手も気がついたようだ。

「おお、おまえはっ!!」

「よう」

「やあ」

桃《もも》ちゃんの下僕《げぼく》三人衆がいた。右からでかくてごつくていかつい猿渡《さるわたり》さん、派手に髪《かみ》逆立ててバンドでもやってそうな雉田《きじた》さん、胃の弱そうな美少年犬塚《いぬづか》さんだ。

「この間はありがとうね～」

犬塚さんの言うこの前とは花咲《はなさき》さんの依頼《いらい》で野球したときのことでしょう。ですが、犬塚さんこんなところで油売っってていいんでしょうかね？

「それで君もボクらの仲間に入ったの？」

「はぁ、なんか成り行きで」

ここはたぶん、おっぱいフェチの集団なんだろうなぁと考えつつ亮士《りょうし》くんは頷《うなず》く。

「君は足フェチらしいけど、おっぱいについて語り合いたくなったらいつでも来てね」

「……はいっス」

亮士くんはとても微妙《びみょう》な顔で頷いた。亮士くんも確かに桃《もも》ちゃんの超弩級《ちょうどきゅう》おっぱいを見れば心揺《ゆ》すぶられるし、おっぱい大きなおねーさんとか居たら目で追ってしまう。でも、どちらかといえば脚《あし》の方が好きなのだ。

……まあ、おっぱい至上主義者だったら、ここまでおおかみさんにめろめろになったりしませんよね。亮士くんは内面だけでなくおおかみさんの外面も好きなんですよ。特にスケバン風ロングスカートのスリットの隙間《すきま》から覗《のぞ》く脚は亮士くんの心を掴《つか》んで離《はな》しません。おおかみさんは背が高くて脚長いし、運動して引き締《し》まっているので美脚《びきゃく》ですしね。

「ここが足フェチの集団だな」

おっぱいフェチのあともお尻《しり》にうなじに髪《かみ》に手に……といろいろフェチの集団に紹介《しょうかい》された後、とある集団の前で浦島《うらしま》さんが止まった。

「新しいご同輩《どうはい》ですか、よろしくおねがいします」

「こっこちらこそっス」

「まあ、かけてください」

「はいっス」

「そんなに緊張《きんちょう》なさらずに」

「そうそう、同じ趣味《しゅみ》の仲間なのですから」

「そうですともそうですとも」

「いやいや、足フェチとはなかなかあなたもお目が高いですな」

足フェチの皆《みな》さんが亮士くんにフレンドリーに話しかける。

「足は第二の心臓と呼ばれています、つまりハート。すばらしきハートに心を奪《うば》われることは人として当然のこと」

「さよう。しかしそのことに気づかない無知蒙昧《むちもうまい》の輩《やから》の多いこと多いこと。嘆《なげ》かわしいことこの上ない」

「いや、そうだからこそ、その真理に気づいている我々は選ばれた民《たみ》ということなのでしょう」

なんて誇《ほこ》らしげに語る足フェチさんたちに、どこからか声が割り込《こ》んでくる。

「異議ありだ!!　母性の象徴《しょうちょう》、我々を慈《いつく》しみ育《はぐく》んでくれたおっぱいに勝《まさ》るものなどない!!　カンガルーやパンダを見てみろ。目が開かぬ内でもおっぱいに導かれたどりつくことができる。そう、おっぱい好きは動物としての本能なのだ!!」

「本能、本能だと？　なればこそ脚《あし》なのだ!!　アフリカで誕生した人類が今のように世界中に散らばっている理由は何だ？　そう、脚だ。一歩一歩大地を踏《ふ》みしめ、人類はより良き明日を求め歩んでいった。その結果が今の人類の繁栄《はんえい》だ。おっぱい好きは動物としての本能？　認めよう、確かにその通りだ。しかし、動物が皆《みな》持っている本能と、人類に現在の繁栄をもたらした脚。どちらにより価値があるだろうか。そう、人類がその他の動物と一線をかくしている理由は脚にある。脚が発達したからこそ、人は手を使えるようになり、自由になった両手が人類を遥《はる》かな高みへと押《お》し上げた。そう、二本の脚こそが人類を万物《ばんぶつ》の霊長《れいちょう》たらしめているのだ!!　ゆえに脚こそが至高の存在である!!」

「なんだと!!」

「なにを!!」

おっぱいと足のどちらが良いかを巡《めぐ》る口論の末、なぜか殴《なぐ》り合いに。さらにお尻派《しりは》など他の派閥《はばつ》まで加わってどうしようもないことになっている。

「……………このように、ときおり殴り合いに発展することもありますが、まあそれはそれだけ足や胸を愛しているということですね」

「…………」

「それにこれも、お互《たが》いを尊重することで終わります。我らは互いに認め合うことのできる、選ばれた誇《ほこ》り高き種なのですから……」

その言葉の通り、おっぱいフェチと脚フェチの戦いはしばらくしてダブルノックアウトとなる。が、何事もなかったように立ち上がったフェチ二人は固く握手《あくしゅ》をする。

「…………やるな。うむ、認めよう足は良いものだ」

「いや、こちらも大人げなかったな確かにおっぱいはすばらしい」

周囲からはぱちぱちと拍手《はくしゅ》の音が聞こえてくる。目を潤《うる》ませている人もちらほらと見える。

どうやら彼ら的には感動シーンらしいです。

「ほら、実に紳士《しんし》的《てき》でしょう？」

足フェチAさんはそんな光景を見ながら誇らしげに胸を張る。

「…………」

でも、亮士《りょうし》くんはまったくついて行けてない。そんな亮士くんを気にもせず先ほどからいろいろ解説してくれていた足フェチAさんがものすごく良い笑顔《えがお》で聞いてきた。

「それであなたはどんな足がお好みで？」

「……みなさんに集まってもらったのは他《ほか》でもありません」

亮士くんがフェチの集《つど》いに強制的に参加させられていた頃《ころ》、御伽《おとぎ》銀行地下本店には女子行員が集まっていた。魔女《まじょ》さんはまた工房《こうぼう》にこもったままなのかいないが、おおかみさんりんごさんアリスさん乙姫《おとひめ》さんおつうさんといったそれ以外の皆さんは勢揃《せいぞろ》いしている。

「この学園には様々な裏の組織が存在していると言われています……というかしています。まあ、言ってみれば私たちも似たようなものなのですが」

アリスさんは苦笑する。まあ、組織の怪《あや》しさならここにいる皆《みな》さんの所属する御伽《おとぎ》学園学生相互《そうご》扶《ふ》助《じょ》協会も、かなりのものですよね。

生徒たちが互いに力を合わせることを手助けし、より良い学園生活を営めるようにするのが御伽学園学生相互扶助協会、通称《つうしょう》御伽銀行なのだ。御伽銀行の行動理念は助け合いで……それ自体はすばらしい。が、この人たちは本人の意志など無視して無理矢理強引《ごういん》に強制的に生徒たちを助け合わせるのだ。しかも助け合いのためなら社会通念やら法やら基本的人権さえ無視、やってることはもうすでに悪の組織だったりする。

「それでその無数の組織の中の一つ……男たちのみで構成されているとある組織に関する情報が最近増えています。特にこの数日の情報量は見逃《みのが》せないほどに増加しています」

「それはどんな組織なんですの？」

「直接的な情報が外に漏《も》れ聞こえてこないので全貌《ぜんぼう》は摑《つか》めていません。もたらされた情報は全《すべ》て女子生徒からのもので、男子生徒からの情報は皆無《かいむ》です。それだけでもその組織の結束の強さ、徹底《てってい》した秘密主義は伝わってきます。しかし得ることができたわずかな情報から、その集まりは女生徒に関する情報を交換していること、写真部が出入りしていることから写真などを売買しているであろうことまでは推測できています」

「まあ、男の子ですし、しょうがないんじゃないですの？」

りんごさん、実に男心に理解がある女の子です。

「そうですね、確かにその程度なら目くじらを立てる必要もないかもしれません。女子生徒も同じようなことをしているのですから」

「……ということはそれだけじゃねーのか」

おおかみさんがまためんどくさそうなことになりそうだなんて思いつつ口を挟《はさ》む。

「はい。代々の御伽銀行女子行員たちは、あの組織が水面下で何らかの計画を進行させていることに気づき、その情報を書き残していたのです。いえ、警告と言った方が良いかもしれません」

「警告とは穏《おだ》やかじゃねーな」

おおかみさんが口を挟む。

「はい。ですが、それほどまでに危険な計画が陰《かげ》で進行していると予想されたのです。わずかに漏れ出る情報だけでこれです。実際の計画はどれほどのものなのか見当もつきません」

「それは確かに……ですの」

「そしてその組織に関する情報が最近とみに増えてきた。それはそのまま組織の行動量が増えてきたことを意味します」

「つまり、その計画とやらの決行が近づいてきたのではないか……ということでございますか？」

「それは……大変ですね」

おしとやかにソファに座《すわ》っている乙姫《おとひめ》さんの言葉を聞き、お茶を入れたりお茶菓子《がし》用意したりとせっせとご奉仕《ほうし》していたおつうさんはなにやら大変なことになりそうだと眉《まゆ》をひそめた。

「その通りです。そして一番の問題は、その集団の性質からして彼らの計画が私たち女生徒に何らかの被害《ひがい》をもたらすであろう事なのです。ゆえに私たちは、その計画を阻止《そし》するために動きます」

「この場にいるのが女子のみということは、殿方《とのがた》を抜《ぬ》きにして動くということでございますか？」

乙姫さんがアリスさんに聞いた。

「そうです、この件に関しては男は当てになりません」

「うちの野郎《やろう》どもは普通《ふつう》でも役に立たねー気がするけどよ」

「そうですの」

「…………」

アリスさんのこの沈黙《ちんもく》は肯定《こうてい》でしょうか。

「まあ、……役に立たないということもありますが、それ以上にもしかするとうちの男子行員の中にも向こうの仲間がいるかもしれないというのが問題なのです」

「なるほど」

おおかみさんは心底頷《うなず》く。

スケベたちの集《つど》いらしいから、浦島《うらしま》さんなんかは思いっきり仲間になってそうとか思っているのでしょう。でも、神ならぬおおかみさんは、その怪《あや》しげな集団に亮士《りょうし》くんが今まさに接《せっ》触《しょく》しているなんて夢にも思ってないようです。

「阻止する目的は先ほどの被害以外にもいくつかあります。一つ目は、女子になにやらデメリットをもたらすであろう計画を阻止する事による女生徒からの信頼《しんらい》の上昇。これは女生徒ということで私たちにも被害が来る可能性があるので、それを除外して考えても意味がありますね。二つ目はその怪《あや》しげな組織の全容把握《はあく》と、計画を押《お》さえることにより弱みを握《にぎ》れること……まあ貸しを作れるかもしれないということですね。そして三つ目は……先輩方《せんぱいがた》がわずかな手がかりから計画に気づきそのヒントとなるべき情報を残していてくれたのです。これに報《むく》いなければ女が立たないでしょう!!」

なぜか途中《とちゅう》で盛り上がって演説ぶってるアリスさん。アリスさん、何故《なぜ》だかわかりませんが燃えてます。

「了解《りょうかい》ですの」

「まあ、こっちに被害が来るかもと考えると仕方ねーな」

「それでその計画とやらはどこまでわかっているのでございますか？」

その問いに、アリスさんは神妙《しんみよう》な顔で首を振《ふ》る。

「何かを企《たくら》んでいること以外はほとんど。ただ、計画の名はわかっています」

「その計画の名前は？」

「………Jack and the Beanstalk Project」


場面は変わってフェチの集《つど》い。

「個人的には、引き締《し》まった足が好きっスね。カモシカのような脚《あし》ってヤツっスか？　しなやかである程度鍛《きた》えられてて躍動感《やくどうかん》と生命力に満ちあふれた脚」

なんというか……脚について語る亮士《りようし》くんはすごく生き生きしてます。亮士くんもたいがい駄目《だめ》人間ですよね。

「たしかに、すばらしいですな」

「でもそうは言っても………好きな娘の脚が一番っスよね」

長々と脚について語った後、亮士くんはそう締めくくる。

「いやいや、確かに。形としての好みももちろんあるでしょうが、そこに想《おも》いが入ることにより、その脚は何物にも代え難《がた》いほどの輝《かがや》きを放ちますからな」

「まあ、欲を言えば両方成立しているというのが理想ですが」

「それは高望みをしすぎでしょう」

「……そういえば、あなたはその理想的な立場にいるのでしたな」

　そこで話を振《ふ》られた亮士くんはきょとんと言う顔で自分を指さす。

「おれっスか？」

「そう……大神涼子《おおかみりょうこ》さんといいましたか？　確かにあのスリットから覗《のぞ》く脚はすばらしい」

「涼子さんのことまで調べてるんっスか!!」

　亮士くんは驚《おどろ》く。

「彼女はそれなりに有名ですからね。そしてあのすらりと引き締まった脚は実に良い。美脚《びきゃく》ランキングというものがあればかなりの上位に食い込《こ》むことはまず間違《まちが》いないでしょう。しかし、安心してください。いかに彼女の脚がすばらしかろうと、彼女に手を出そうという命知らずな人はいませんので」

「確かに、涼子さんと付き合おうと思ったら覚悟《かくご》が必要っスよね」

　そう言いつつ、亮士くんはちょっと安心する。たしかに、脚フェチさんが言うように多分大《だい》丈夫《じょうぶ》ですよ。だっておおかみさんは端《はた》から見てるとマジ怖《こわ》いんですもん。普通《ふつう》の人はあのきつい目で一睨《ひとにら》みされただけで逃《に》げ出しますよ。

　まあ、こんな感じで亮士くんと脚フェチの皆《みな》さんが思う存分脚について語っていると、教室に一人の男子生徒が入ってきた。その人物を見てフェチの皆さんが親しげに声をかける。

「おお、ジャックさん」

「お久しぶりです」

　そのジャックと呼ばれた人物は、帽子《ぼうし》にそばかすオーバーオールと、冒頭《ぼうとう》でおおかみさんに話しかけていた彼と同一人物なのですが……今の彼には弱々しさなどかけらも感じられず、それどころか威厳《いげん》すら漂《ただよ》っています。

「うむ、皆《みな》息災のようでなによりだ。さて、良いニュースと悪いニュースがある…………と、その前に彼は？」

　ジャックさんが亮士《りょうし》くんを見て聞いた。

「今日入った脚《あし》フェチの森野《もりの》君です。浦島《うらしま》君の紹介《しょうかい》で人柄的《ひとがらてき》にも問題なさそうですし、宣誓《せんせい》済みなので情報流出に関しては問題ないでしょう。なにより…………脚フェチに悪い人間はいませんん!!」

　脚フェチさんの一人が断言する。

「なるほど、浦島君の紹介ということは彼は御伽《おとぎ》銀行の……」

「そうです」

　浦島さんが頷《うなず》く。

「それは良かった。これは悪いニュースに関《かか》わっていることなのだが、……どうやら計画が漏《も》れたらしいのだ」

「そんなまさか、我らの中に裏切り者がいるとっ⁉」

フェチの皆さんはその穏《おだ》やかならざる情報にざわめく。それほどまでに驚愕《きょうがく》の事実なのでしょう。

「いや、それはいないと確信している」

が、フェチの皆さんはその一言で静まる。

「しかし、付近に人がいることに気がつかず話してしまった、ふと会話の中で些細《ささい》な情報を与《あた》えてしまったなど、皆も経験があるのではないか？　普通《ふつう》ならばそれでも問題ないのだろうが、この学校が創立して以来、様々な情報を総括《そうかつ》して集め保存していた組織……御伽銀行があったのがまずかった。どうやら、計画発足《ほっそく》以来長年にわたり我らがとりこぼしてしまったその小さなピースの数々を集め、何かを企《たくら》んでいるという結論に達したらしいのだ」

「おお……なんということだ」

「ではどうする？」

「計画を延期するか？」

「ようやく、ようやくここまで来たのだぞ⁉」

「しかし、焦《あせ》ってし損じれば目も当てられない」

「今焦らないでどうする！　この時を逃《のが》すと下手《へた》をすれば計画の実行すら危《あや》ぶまれることになるかもしれないぞ⁉」

あちらこちらからがやがやと動揺《どうよう》する声が発せられる。

「皆《みな》の者落ち着け!!」

しかしジャックさんの一声でそれは収まる。このジャックさんはよほど信頼《しんらい》されているのでしょう。

「……確かに計画は嗅《か》ぎつけられた。御伽《おとぎ》銀行は我らの計画成就《じょうじゅ》の前に立ちはだかるだろう。だが、どんな犠牲《ぎせい》を払《はら》おうとも我らの道に立ちはだかる者に容赦《ようしゃ》はせぬ!!　……しかし、幸いにして残っているのは計画の最終フェイズのみであるし、嗅ぎつけられたとしても計画の前段階までのはず。さすがのやつらとて真の目的にまでは到達《とうたつ》してはいまい。故《ゆえ》に計画はこのまま実行する……敵対せずとも逃《に》げ切ってしまえば最後に笑うのはわれわれだ!!」

「「「おおっ!!」」」

その言葉に安堵《あんど》し、フェチの皆さんはやる気をみなぎらせる。

「……それで計画というのはどんな感じなんスか？」

ようやく空気が落ち着いてきたところで亮士《りょうし》くんが聞いた。その問いに、ジャックさんは待ってましたとばかりに頷《うなず》く。

「うむ、説明しよう。知っての通りここ御伽花市《おとぎばなし》のある御伽盆地は盆地だけあってあまり風は吹《ふ》かない。しかし、昼間太陽に照らされ山の斜面《しゃめん》が熱せられることにより上昇《じょうしょう》気流が起こり時折麓《ふもと》から山に向け強い風が吹く。いわゆる谷風というヤツだな。男子の中では神風と呼ばれることもあるが。神風と呼ばれる所以《ゆえん》はその風が女子生徒、特に風に慣れていない女子新入生たちのスカートを捲《めく》り、たびたび我々に至福の時間をプレゼントしてくれるからだ。しかし、人は学習する生き物。しばらくすれば、新入生たちは上手《うま》くスカートを押《お》さえられるようになり、さらに女生徒同士で注意しあうことでパンチラの確率が激減してしまう。君も聞いたことがあるだろう、『今日は風が強いわよ』などという女生徒同士の会話を」

威厳《いげん》を湛《たた》えた深い声でジャックさんが語る。そこには妙《みょう》なカリスマがあり、周囲のフェチの皆さんは真剣《しんけん》にその話に聞き入ってます。

「それを憂《うれ》いていた一人の生徒がとある計画を立てた。その生徒が学園に在籍《ざいせき》していたのはこの御伽学園が誕生して間もない頃《ころ》で、校舎も第二校舎まで、特別教練棟《とう》も一つ、後は体育棟と文化棟しか建っていなかった。だが、現在の御伽学園のような巨大学園にするための拡張計画はすでにできていて、新たな校舎の着工も目前だった。だが、そんな時期にもかかわらずその生徒はある計画書を携《たずさ》え学園長に直訴《じきそ》したのだ。そして、学園長はその意をくみ計画が見直され、校舎の建設される位置が変更《へんこう》されることになった」

そこでジャックさんはオーバーオールの胸ポケットから一枚の紙を取り出した。ばさっと机の上に広げられたのは校内の地図。

「その生徒はこう考えたのだ。パンチラが見れなくなったのなら、スカートを押さえても問題ないほど風を強くすればいい……と」

「えーと、じゃ、じゃっく……じゃっく……」

おおかみさんが御伽《おとぎ》銀行地下本店で奇妙《きみょう》な呪文《じゅもん》を口走っていた。

「Jack and the Beanstalkですの」

「そうそうそれ。……で、それなんだ？」

おおかみさんの疑問にアリスさんが答えた。

「ジャックと豆の木のことです」

「……あの童話の？」

「そうです」

アリスさんは頷《うなず》く。

「ということは……日本語に直すとジャックと豆の木大作戦って感じか」

「一気にダサくなりましたけど、まあそんな感じじゃないですの？」

「ふふふ、童話ではジャックは豆の木を登って雲の上から宝物を持ち帰ったのですが、そうはさせません。彼らが豆の木を登っている最中に私たちがその豆の木を切り落とし宝など持ち帰らせませんよ。どんな計画かは知りませんが、成功させてなるものですか」

アリスさんはなにやらやる気満々のようだ。

「アリス先輩《せんぱい》ってクールなように見えて時々燃え上がるよな」

「普段駄目男《ふだんだめ》に振《ふ》り回されてるんで、そういう人が大嫌《だいきら》いなんじゃないですの？」

「要するに八つ当たりか」

「そこっ何か言いましたか？」

「『いいえなんにも』」

おおかみさんとりんごさんはハモりつつ首を振《ふ》った。今のアリスさんに逆らっちゃいけません。とりあえず話を変えないと……と、おおかみさんはふと思い出したことを口にする。

「そういや、このあいだ外で昼寝《ひるね》してたときにジャックってヤツにあったぞ？　なんか関係あんのか？」

その言葉にアリスさんは少し考え言った。

「ジャック……ああ、園芸部部長のことですね」

「あー、そんなこと言ってたなぁ」

おおかみさんは思い出す。確かにそう言ってました。

「関係あるのではないかというのが、先輩たちの結論です。彼らの計画が始まったのはおよそ二十年前。その計画の発案者と思われる者の愛称《あいしょう》はジャック。理由はわかりませんが、なにやら尊敬の念を持ってそう呼ばれていたようです。彼は園芸部部長だったので、その名は代々の園芸部部長に受け継《つ》がれていくことになりました。表向きは豆の木を空に到達《とうたつ》するまで育てた童話『ジャックと豆の木』のジャックにあやかって。ですが、それには裏の意味があることでしょう。歴代のジャックもすべてその組織に関《かか》わっているらしいので、計画にも関わっていると見てまず間違《まちが》いないでしょうし」

「ふーんですの。その計画発案者、初代ジャックさんの情報はないんですの？」

「こちらにプリントアウトしたものを用意しています」

りんごさんは渡《わた》されたプリントに目を通す。

「えーと、植樹活動に熱心で現在の緑あふれる学園の基礎《きそ》を作った……」

「良いヤツじゃねーか」

たしかに御伽《おとぎ》学園の校内にはたくさんの木が植えられたり花が植えられたりして過ごしやすい環境《かんきょう》になってます。

りんごさんはプリントを読み終わった後、その中で気になった項目《こうもく》について質問する。

「………この、学園の造成計画について直訴《じきそ》したというのは？」

「彼が学園長に直訴し、それにより計画が見直されたのです。表向きはよりよい学園生活のためということなのですが、それ以上のことはわかりません。一生徒が学園の造成計画に口を出すなどあまりにも不自然ですし、なによりあのような怪《あや》しげな組織を作ったジャックが行ったことというだけで怪しすぎます。なので彼らが進めているらしい計画と何らかの関係があるのではないかと先輩《せんぱい》たちは考えたようですが、答えにたどりつくことはできなかったようです」

「関係なかったのか、考えるための情報が足らなかったのか、はたまたその謎《なぞ》が難しすぎたのか……どちらにしろ、私たちはこの情報から答えを導き出さないといけないんですのね」

「はい、この造成計画の変更《へんこう》はかなりの確率で計画に関わっていると予想されますので、この謎を解く必要があるのです。考える材料の少なかった先輩たちの頃《ころ》と違い、今は格段に情報が増えているので楽にはなっているはずですが……私ではさっぱりでした。コレがその地図です」

アリスさんは机の上に地図を広げる。

「一枚目が先輩方が手に入れ保管していた計画変更前の予定図で、二枚目が今現在の校内地図です」

「これが……確かに変更されてございますね」

乙姫《おとひめ》さんは広げられた地図とにらめっこする。りんごさんもおつうさんもその地図をのぞき込《こ》む。

「…………………………うーん、わかりませんの」

しかし、しばらく考えた後、りんごさんはそう漏《も》らす。いくら見ても不審《ふしん》な点は見あたらない。しいて言うなら、最初の計画では整然と並んでいた建物が、計画変更後は不規則な並びになっていることくらいだろうか。校舎と校舎の間が狭《せば》まっている場所もちらほらとある。

おおかみさんもりんごさんの横から地図をのぞき込んでいたのだが、

「……オレ、アイスでも買ってくるわ。何か欲《ほ》しい物あるか？」

すぐギブアップした。おおかみさんはよっぽど頭脳労働に向いてないようです。

「うーす、買ってきたぞー」

パシって来たおおかみさんが皆《みな》さんにアイスを渡《わた》し始める。

「小豆《あずき》にイチゴに……チョコは誰《だれ》だ？」

「魔女《まじょ》さんです。呼んできますね」

おつうさんが工房《こうぼう》に閉じこもってる魔女さんを呼びにいく。それを横目におおかみさんはアイスをくわえながらソファにぐったりと座《すわ》る。アイスはスイカバー。あのチョコのプチプチがおいしいのだ。

「ふー、暑かった。そういや今日は久しぶりに風が強くなってきたぞ」

「了解《りょうかい》ですの」

そのおおかみさんの情報に女の子たちは頷《うなず》く。

「溜《た》まった熱い空気が流されて涼《すず》しくなるのは良いんだけどよー。色々備えないといけないのがめんどい」

「まあ、しかたないですの。風に備えておいて、いざというときスカートを素早《すばや》く押《お》さえられないと色々タダで見せることになっちゃいますし」

タダじゃなきゃ良いんですか、りんごさん？

「まあな。でも、最近なんか風が強くなった気がしねぇか？」

「そうですの？」

りんごさんは気のせいじゃないんですの？　なんて顔をするが、

「確かに……そんな気がします。外をお掃除《そうじ》しているときに、ゴミを飛ばされてとても困るんです」

いつのまにか戻《もど》ってきていたおつうさんはそう答えた。よく外で掃除しているおつうさんからすれば感じるところがあるらしい。

「おつう先輩《せんぱい》を写真に納めようとするメイドスキーの熱気で局地的に上昇《じょうしょう》気流が発生したとか？」

「んなわけねーですの」

彼らは暑苦しいですが、さすがに風を起こすまではいかないでしょう。

「………で、何かわかったのか？」

「ぜんぜんですのー」

おおかみさんの問いに、りんごさんは地図を投げ出すことで応《こた》える。あきらめモードでおおかみさんの横に座り、だらだらとアイスを舐《な》め始める。

そこでおつうさんに呼ばれてきた魔女さんが登場する。

「おまいら儲《もう》かりまっかーヨー」

「ぼちぼちですのー」

なんだか訳のわからない掛《か》け合いがくりひろげられてます。一気に雰囲気《ふんいき》がゆるくなりましたね。

「で、アチキのアイスはどこヨー」

「ほい」

おおかみさんはビニール袋《ぶくろ》の中からアイスを取りだして魔女《まじょ》さんに投げる。

「わっと、サンキューヨー、…………んー冷たいヨー」

で、魔女さんは幸せそうにアイスを舐《な》め始め、そこでようやくなにやら考え込《こ》んでいるアリスさんに気がついた。

「アリスは何やってるヨー？」

「…………ああ、魔女さんですか。いろいろと…………そうですね、猫《ねこ》の手も借りたい状況《じょうきょう》なので一応聞いてみましょうか」

「どーんと聞いてみるヨー」

任せろと実は豊満な胸を叩《たた》く魔女さん。でも魔女さん、良い気分のところすいませんが猫の手呼ばわりされてますよ？

「この地図を見てなにかわかりますか？　一枚目が二十年ほど前に今の校内造成計画が変更《へんこう》される前の予定図で、二枚目が変更された後の今の地図です。なにやらこの計画変更に裏があるようなのですが、全くそれがわからないのです」

「そうなんかヨー」

魔女さんは一心不乱にぺろぺろアイスを舐めています。口の周りがチョコでべたべた汚れて見た目に期待できる要素が全くありません。

そんな様子なのでアリスさんの方もあんまり期待してないのか、一通り説明した後は自分の思考に戻《もど》ります。

「ほーほーほほーヨー」

そんなアリスさんに渡《わた》された地図を、魔女さんはなんだか奇妙《きみょう》な声を上げつつ上下左右くるくる回して様々な角度から見る。蛍光灯《けいこうとう》に透《す》かしたりもしてます。見た目完全にアホな子です。

その様子に内心では期待度ゼロながらもりんごさんは聞いてみる。

「それで、何かわかりましたの？」

「わかったヨー」

「そうですの、やっぱりわからなか…………って、え？　わかったんですの？」

「だからわかったヨー」

その、謎《なぞ》なんて何でもないヨーなんていう様子に、アホな子がいきなり賢《かしこ》そうに見えてくるのが不思議です。口の周りについたチョコですら、チョコですら…………さすがにコレはほめる要素にはなりそうにありませんね。

「本当ですか魔女さん!!」

アリスさんはがばっと食いつく。

「だからそうだって言ってるヨー」

「せっ説明してください!!」

「アリス落ち着くヨー。……で、なんか書くもの欲《ほ》しいヨー」

「これをどうぞ」

「サンキューヨー」

そしておつうさんに渡《わた》されたペンで魔女《まじょ》さんは地図になにやら書き込《こ》みだす。

「えーとヨー、こんな風にヨー、昔のと違《ちが》って今の地図はヨー、風の通り道ができてるんだヨー」

キュッキュッキュッキューなんてペンで地図に書き込まれたのは、魔女さんの言う風の通り道。

アリスさんはそれを見て心から感嘆《かんたん》の声を漏《も》らす。

「なっなるほど山を背にしたこの学園に吹《ふ》く風は谷風、麓《ふもと》から山を駆《か》け上がる谷風は校門の方向から校内を縦断し山に抜《ぬ》けていくことになる。ただ、本来ならばただ吹き抜けるはずだったその風は校舎が建つことで流れを変えた。校舎に当たった風はそれに沿って流れ、校舎と校舎の間に強風……いわゆるビル風を作り出します。この校舎の配置は、風を束ねて強める場所が何カ所かできるように計算されていたというわけですね……。意味不明な計画の変更《へんこう》にはこのような意味があったとは」

「……それに……これは」

アリスさんだけでなくりんごさんも思わず口を開いてしまう。強風が起こるであろう場所は校内に点在しているのだが、魔女さんが風の通り道と言い表したように、風の吹く場所を繋《つな》ぐとそれは一本の線になる。そしてこの線は……

「おいおいマジかよ……」

りんごさんに少し遅《おく》れておおかみさんも理解し、思わず驚《おどろ》きと呆《あき》れの混じった声を出した。

おおかみさんにはこの強風スポットを繋いだ魔女さん曰《いわ》く風の通り道に見覚えがあった。いや、見覚えというか歩いたことがあると言うべきか。なぜならその風の道は校門から各校舎に続く道、おおかみさんが登校するときに使っている道と重なっていたのだ。そして、この道にはとある名前がついているのだ。時折吹く強風によりあまりにパンチラが多発することからついた名は……

「そう、この強風多発地帯はまさしく……パンチラロードと重なってるんですのよ」

それにしても……パンチラロードってなんだかロマンをかき立てられる名前ですね。

「これを企《たくら》んだジャックとやらは何か知らんがスケベな男たちの集まった組織の創設者なんだろ？　ということは、風を強くした理由もやっぱりスケベ目的だろうから……」

「……目的は女生徒の下着を見ることでございますか」

導き出された痛すぎる結論に、女の子たちは顔を見合わせる。

「……話をまとめますと、御伽《おとぎ》学園の造成計画変更《へんこう》は、意図的に風の強くなる場所を作ることでパンチラを見えやすくするために行われたということでいいのでしょうか」

「そうなんじゃないかヨー」

「なんというか……」

「あきれ果てればいいのか感心すればいいのかわかりませんの」

パンチラのためだけにこんな大それた計画を立てた初代ジャックに、その計画を受理した学園長。

「でも……あのエロ爺《じじい》なら、……計画変更するでしょうね」

「だろうな。でもこれもう計画達成してんだろ」

あの爺め……と顔をしかめるアリスさんに、おおかみさんは投げやりに言う。

「それはそうですのね。もうすでにパンチラ多発地帯になっちゃってますし。完成した校舎を動かすことなんてできないので完全犯罪ですのよ」

「確かに……。しかし、あの集団はまだなにやら企《たくら》んでいるはず。そうでないと最近急に増えてきた情報の説明がつきません。ですので、この意図的に作られた風の流れにはパンチラ以外にも何か目的があると考えた方が良さそうです……。そしてそちらが本命のはず」

深刻そうな顔で考え込《こ》むアリスさんに、りんごさんが疲《つか》れ切った表情でつぶやいた。

「この風の通り道を利用した計画……その目的がパンチラを見ることだったことを考えますと、

その本命とやらもどうしようもなさそうですのねー」

りんごさんのこの言葉はまさしく皆《みな》さんの心の内を代弁していた。

「……と、このように風の道が作られた訳なのだ」

「………すごいっスね」

ジャックさんの説明に亮士《りょうし》くんは思わずつぶやいた。いろいろな意味で……と内心で付け加えているがそれでもすごいものはすごいです。

「そうだろうそうだろう。その雲を掴《つか》むような目的のために、計画を立て実現させた偉大《いだい》なる初代ジャック。どこまでもあきらめず夢を追い続けるその姿勢に、先人たちは雲へと至り宝を手にしたあの童話にちなんで彼をジャックと呼び、讃《たた》えたのだ。君もその恩恵《おんけい》にあずかってきたのだろう？」

「いや……まあ……そうっスね」

確かに入学してから何度か亮士くんは決定的瞬間《しゅんかん》を目撃《もくげき》している。

「そしてその計画は最終段階に達している。我らジャックの名と意志を継《つ》いだ者たちが長きにわたり植物を育てるかのように手をかけ時間をかけ計画を育ててきた結果だ」

ジャックさんは誇《ほこ》りに満ちた表情で言う。

「……ここまでは漏《も》れることを想定しているし漏れてもいまさら対処のしようがなく知られて

も問題ないので話したが、ここから先を知りたいならば本格的に協力してもらうことになる」
「いや……協力って言っても、さすがにスパイのまねは……ただ、皆《みな》さんの行動を話すことも
ないっスけど」
亮士《りょうし》くんは御伽《おとぎ》銀行とフェチ集団との間で板挟《いたばさ》みになっている。
「かまわん。君にやってもらいたいことは足止めなのだ。今のところ計画の障害になりそうな
のは、御伽銀行の女子メンバーたち。逃《に》げ切るつもりではいるが、もしも追いつかれたときに
彼女たちの足止めを行ってもらいたいのだ。いわゆる毒をもって毒を制すというやつだな。彼
女らと相対することになると、尻込《しりご》みする者たちも出てくるだろうし、借りを作っていて手を
出せない者もいるだろうからな」
「なるほどそれくらいなら……でもおれに足止めができるなんて買いかぶりすぎっス。ぶっち
やけ五分もてばいいほうっスよ……」
だって向こうの毒の方がどう考えても強いですしね。
「なに、大丈夫《だいじょうぶ》だ。保険と考えてもらえば問題ない。まあ、よほどの馬鹿《ばか》か天才でもいない限
り真の目的どころか風の通り道にすら気づけないだろうからな……」
そのとき、扉《とびら》が乱暴に開き、息を切らせた男子生徒が走り込んできた。
「ジャック！　風が……神風が吹《ふ》きました!!」
「なにっ!!　それはホントか!?」

「はいっ。天文部の同志によると、この調子であればかなりの確率で夕方までは吹き続けるだろうとのことです」

「チアリーディング部、女子テニス部、新体操部、女子バレー部の活動は行われているか？」

「はい、行われているようです」

「そうか、ふふふふ……わーっはっはっはっ。天は我らに微笑《ほほえ》んだようだ!!」

高らかに笑い声を上げたジャックさんは亮士くんに言う。

「……君は本当に運が良い。二十年にも及《およ》ぶ計画の集大成に立ち会えるのだから」

そこでジャックさんはこの場にいるフェチの皆さんを見回す。

「諸君、聞いての通りだ。待ちに待ったこの時がやってきた!!　我々の血の滲《にじ》むような努力の日々は今日この日のためにあったのだ!!　同志たちに打電しろ。『雲に蔓《つる》が届いた』と」

「はっ」

「計画進行は打ち合わせ通りだ。皆がそれぞれやることをやれば計画の成功は揺《ゆ》るがない、もしもの場合、骨は拾ってやる!!　各自奮闘《ふんとう》を期待する!!」

「はっ」

「では、ただいまをもって、Jack and the Beanstalk Projectの最終フェイズを開始する!!」

「「「「「おおおおう!!」」」」」

フェチの皆さんがあわただしく走り去っていった。

そして残された亮士《りょうし》くんは思わずつぶやいた。

「……だめっス、なんだかものすごくかっこよく見えてきたっス」

どうやら漢《おとこ》たちの生き様に感銘《かんめい》を受けちゃってるみたいですね。確かにこの一体感や、夢に命をかける様子はかっこいい感じですけど……その目的はものすごくダメ臭《しゅう》が漂《ただよ》って来てますよ？

しかしまあ、なんだかテンションあがってしまったらしい亮士くんは、

「では我々も行くぞ」

「了解《りょうかい》っス!!」

ジャックさんについて行った。……………あーあ。

「きゃっ」

風にスカートをあおられて、りんごさんは悲鳴を上げる。しかし、見事にスカートを押《お》さえてパンチラにはならない。

「今日は特に風が強いな」

「ここまで風が強いのは久しぶりですね」

おおかみさんも押さえているが、スケバン風ロングスカートなので普通《ふつう》のスカートより風に強いようで余裕《よゆう》がある。

おおかみさんたちが今いるのは噂《うわさ》のパンチラロード。何かわかることがあるかもしれないし……と、パンチラロードにやって来たのだ。

「とりあえず、一つわかったことがございますね」

歩きながら乙姫《おとひめ》さんが言った。

「この道をスケベ心丸出しで徘徊《はいかい》していれば目立つことこの上ありませんし、わたくしたちも警戒《けいかい》するでございましょう。しかし、警戒心を抱《いだ》かれることなく、いても自然に思われる人たちがいます」

「それは？」

「ほら、あそこに」

乙姫さんが指を指した先には、園芸部らしき人が木に水をやっていた。

「……なるほど、園芸部なら木の側《そば》にいれば、どこにいても不自然ではありませんね」

アリスさんは納得《なっとく》と頷《うなず》く。

「はい、パンチラロードと呼ばれているこの道の左右には街路樹が植えられていますが、それは一目見ただけで、よく手入れがされているのがわかります」

「確かに……お掃除《そうじ》するときに、園芸部の皆《みな》さんをよく見かけます。この間など暑い中、木に登り剪定《せんてい》作業を行っていて、なんて熱心な人たちなんだろうと感心してお茶などを差し入れてたのですが……」

おつうさんが困惑《こんわく》の表情を浮《う》かべてます。植物大好き好青年だと思っていた人たちがパンチラ大好きむっつりスケベだったといきなり知らされれば、混乱もするでしょう。

「……その熱心さの裏側にはこんな理由があったというわけか。そりゃあスケベであればあるほど熱心にクラブ活動に励《はげ》むだろうな」

「風が吹《ふ》いて一番得をするのはパンチラを特等席で見ることができる園芸部ですものね」

「これでジャックが園芸部である理由がわかりましたね。園芸部はこの学園でむっつりスケベが集まるクラブの一つなのでしょう」

その後も強風ポイントをチェックしつつ、おおかみさんたちはパンチラロードを歩いていく。強くなってくる風に幾度《いくど》かのパンチラの危機を乗り越《こ》えやって来たのは、

「魔女《まじょ》さん、ここでいいのですか？」

「たぶん、ここが一番強い風が吹く場所ヨー」

魔女さん曰《いわ》く一番の強風ポイントだった。

皆《みな》さんは周囲を見渡《みわた》す。

「風が目的であるならば、一番強い風が吹きそうな場所で何かあると思ったのですが……」

「うーん、特に変わったところは見あたりませんの」

「とりあえず皆でこの付近を見て回りましょう。よく見ないとわからなかったりするものなのかもしれませんから」

「りょーかい」

「ですのー」

皆さんは思い思いに周囲に散った。

周囲の探索《たんさく》の開始からしばらくして、アリスさんが他《ほか》の皆さんを呼び集めた。

「どうでしたか？」

「異常なしですの」

「こっちも」

「同じくでございます」

「すいません、私も」

「そうですか……」

気がつけばもう空は赤らみ、下校時間が近づいていた。

「ここではないということでしょうか。しかし他には……」

夏で日が長いと言ってももうそろそろ暗くなるので、何かを探すのは難しくなる。今日はここで終わりにするべきか……悩むアリスさんだったが、そこで一人行方不明になっていることに気がついた。

「…………あれ、魔女《まじょ》さんは？」

言われてみれば……と皆《みな》さんが周囲を見回すと、離《はな》れた場所でなぜか夕日に向かってぼーっと突《つ》っ立っている魔女《まじょ》さんがいた。

「どうしたんですか？」

アリスさんがそう聞くと魔女さんは遠くを見たまま答える。

「地図と違《ちが》うヨー」

「なにがですか？」

「あれなかったヨー」

「あれ？」

魔女さんが指さしたのは建ち並ぶ校舎の隙間《すきま》から見えている一棟《いっとう》の校舎だった。距離《きょり》が離れているので小さくしか見えないが、どうやら魔女さんはあれを見て周囲の光景と地図が合ってないぞと言ってるようだ。

その建物を目を細めて見たアリスさんは、

「…………ああ、あの建物はつい先日完成したばかりの……」

そこまで言ったところで気づいた事実に声を上げた。

「なんてことっ!!」

そして地図を取り出して見る。

「魔女さんが地図と違うと言うのは当たり前のことなのです。この地図は去年のもので、新しく建った第六校舎が存在しないのですから!!」

アリスさんは取り出した地図に新たに建った第六校舎を書き込《こ》み、再び魔女さんに見せる。

「この第六校舎を加えた場合の風の流れはどうなりますか？」

その地図を見た魔女さんは少し考えた後言った。

「…………んー、もう一本風の道ができたヨー」

「そっそれで、その風の終着点は？」

「……たぶんここヨー」

魔女さんが指さしたのはたくさんの体育会系クラブの部室が入っている建物、体育棟の裏。

……つまり体育棟と文化棟に挟《はさ》まれて建つ御伽《おとぎ》銀行地上支店の目と鼻の先だった。

「初代ジャックが雲の上へと……遥《はる》かな高みを目指してから早二十年。ようやく……ようやく我々が必死に伸《の》ばした蔓《つる》は雲に届いた」

いま、ジャックさんたちと亮士《りょうし》くんと浦島《うらしま》さんは鉄筋コンクリートの四階建ての建物、体育会系クラブの部室が入った体育棟の裏にいた。

「あとはその蔓を登って宝を回収するのみ」

日は沈《しず》みかけ、さらに体育棟の裏という位置条件も加わり、周囲はかなり薄暗《うすぐら》い。しかしその薄暗さでもわかるほどフェチの皆さんの顔は期待に満ちていた。

「宝っスか」

「そう、宝だ。……我々の年頃《としごろ》の男子にとっての宝とはなにか？　それは……」

「それは？」

「エロスだ!!」

思春期ですしね。

「そして、この校内で我々のスケベ心……もとい探求心をかき立ててくれる場所はいくつもあるが、その中でももっとも心揺《ゆ》さぶられる場所、そこは女子更衣室《こういしつ》!!　…………しかし、女子更衣室の対策は完璧《かんぺき》で、のぞきなどできない。故《ゆえ》に次に白羽の矢が立ったのが部室だ」

ジャックさんは体育棟を見上げる。

「そう、ここが我々の計画の最終地点」

ひときわ強くなった風にジャックさんが喜びを隠《かく》しきれない口調で言った。

「皆《みな》の者見よ、……ようやく宝への扉《とびら》が開くぞ!!」

そして、次の瞬間《しゅんかん》………強風にあおられた体育教室棟《とう》のカーテンがひらめいた。

「だんだんと読めてきました。スケベ目的、さらに彼らの活動内容をふまえた上で体育棟で何かを企《たくら》んでいるということならば目的はのぞきや隠し撮《ど》りでしょう」

「女子更衣室じゃないんですの？」

「のぞきをするならば女子更衣室とは誰《だれ》もが思うことでしょう。ですが、それ故に、女子更衣室はのぞきができないよう様々な対策を取っています。不可能とまでは言いませんが、のぞきを行うのはかなり困難でしょう」

足早に体育棟に向かいながらアリスさんが説明する。

「なので、女子更衣室で着替《きが》えるならばのぞきの問題はありません。しかし、女子更衣室は混みます。クラブ活動は夕方の同じ時間帯に終了《しゅうりょう》するのですから当たり前ですが。それが面倒《めんどう》な女生徒は部室で着替えているのです。陸上部などの男女一緒《いっしょ》のクラブでは無理ですが、女子バレー部、チアリーディング部、新体操部などは男子がいないので、ほとんどが部室で着替えます」

「そこをねらうという訳か」

「でも、そんな簡単にのぞけるものなんですの？」

「そう簡単にはのぞけないでしょうが、更衣室よりかは、可能性があるでしょう。問題は、風をどう利用するかなのですが」

「カーテンではないですか？　スカートのように風が影響《えいきょう》するのは布ぐらいだと思うのですが」

「……そうかも知れません。しかし窓が……ああ、なるほど。だから今……夏なのですか」

おつうさんの言葉を聞いて考え込《こ》み、アリスさんはなにやら納得《なっとく》する。

「のぞきを邪魔《じゃま》するのは三つ。距離《きょり》、窓、そしてカーテン」

「距離でございますか？」

「近くに寄れば寄るほど視野が広がり鮮明《せんめい》な映像が撮《と》れるのは自明の理でしょう」

乙姫《おとひめ》さんの問いにアリスさんが答える。

「窓を開かせるのは簡単です。夏は暑いのでクーラーのついていない部室棟《とう》の窓は開放されますから。窓が開かれれば後はカーテン。女子生徒が着替《きが》えるときにカーテンを閉めないなどありえませんからね。ですが、これも風を使うことで攻略《こうりゃく》することが可能となりました。後は距離さえ縮めることができれば、のぞくなり盗撮《とうさつ》するなりできるでしょう」

「距離ですか……体育棟の裏の山は……遠すぎますか」

「不可能ではないと思いますけど、あんまり鮮明な画像はとれないと思いますの。離《はな》れているのでかなり視界は狭《せば》まると思いますし」

「それにもう一つ疑問が残ってるぞ」

「疑問ですか？」

おつうさんが首をかしげる。

「なぜ今になって動きだしたのか……だ。第六校舎の完成はついこの間だけど、結構前から風の流れを作れるくらいには形になってただろ。最近風が強くなったとおつう先輩《せんぱい》も感じてたしな」

「確かにそうですね」

「なら……今でないといけない理由があったのでございましょうか？」

「彼らのここ数日の行動は……入っている情報からすれば、そこまで大きな行動はしてないようです。なにより、トップであるジャックと組織内の園芸部の皆《みな》さんが園芸部の仕事で抜《ぬ》けていましたから……」

「園芸部はいったい何してたんだ？」

「園芸部はここ数日、鶴ヶ谷《つるがや》さんが先ほど言ったように木々の剪定《せんてい》作業をして……」

そこまで言ったところでみんなが顔を合わせ言った。

「それです!!」

「それだ!!」

「それですね!!」

「それでですの!!」

「それでございます!!」

「おなかすいたヨー」

……一人なんだか違《ちが》う人が混じってますが。

それはともかく、皆さんはわかったことをまとめようとする。

「体育棟の裏にも木は立っていたはずですの」

「そこにカメラを仕掛《しか》けることが出来たら近くから撮《と》れるだろうな」

「そして隠《かく》しカメラを仕掛けるなら木に登らないといけないです」

「昼間に木に登ってたら怪《あや》しすぎますし、セキュリティ設備の整ったこの学園に夜忍《しの》び込《こ》むのは愚《ぐ》の骨頂」

「しかし、剪定《せんてい》作業の時ならば木に登っても不審《ふしん》に思われることはございません。ですのでその時にカメラを仕掛ければ怪しまれずに仕掛けることが可能でございます」

ほう……と、皆《みな》さんは息を漏《も》らす。

「………これで全部繋《つな》がりましたのね」

「だから今じゃないといけなかったんだな」

「よく考えられています。計画がここまで長くなったのは木の生長を待っていたためでしょう。計画の要《かなめ》となる第六校舎が一番最後に建てられたのは、木が目標の高さ……カメラを仕掛けるのにちょうど良い高さになるまでに計画が露見《ろけん》するのを防ぐため。実際私たちは第六校舎完成前の地図で振《ふ》り回されてしまいました」

実に気の長い計画だ……とアリスさんは呆《あき》れ半分感心半分といった様子だ。

「それでおつう先輩《せんぱい》が地上支店の周囲……体育棟《とう》の辺りで剪定してるのを見たのはいつですの？」

「ええと……確か四日ほど前です」

「確かにおとつい昼寝《ひるね》したとき木がさっぱりしてたからそれより前って事になるな」

　おつうさんの言葉におおかみさんが補足をする。

「……だとしたら急がないといけませんね。園芸部の剪定作業後に強い風が吹《ふ》いたのは今日が初めて、私たちは色々派手に動きましたから、向こうも計画がバレかかっていることに気づいているはず。だから今日が計画の決行日ということは間違《まちが》いないでしょう。彼らの計画は後カメラを回収さえできれば成功なのですから」

「逆に、それを阻止《そし》すれば私たちの勝ちということですのね」

「はい。しかし、回収のタイミングは校内のクラブ活動が終わり着替《きが》えが済んだであろうまさに今……間に合えばいいのですが」

「間に合わすんだよ。よし、急ぐぞ!!」

　おおかみさんたちはさらに足を速めた。


「……というわけで、我々は木の生長が終わるのを待っていたわけだ。ターゲットにしているチアリーディング部や女子テニス部などなど女子のみクラブの部室は全《すべ》て二階や三階に位置しているからな。同志たちの裏工作でそれらのクラブの部室が手の届かない四階になることはどうにか防いだが」

　ジャックさんが亮士《りょうし》くんに説明をしていた。なにやら計画の完遂《かんすい》が近づき饒舌《じょうぜつ》になっているらしいです。三流悪役っぽい行動ですが、まあその気持ちはわかります。

「さらにこの木はカメラを仕掛《しか》けるためだけが存在理由ではない。これは表向き山からのぞこうとする不届き者の視線を遮《さえぎ》るためのものとなっているが、たかだか数本の木で遮れるわけはないな。ないよりマシということで歓迎されてはいるが、カーテンを開く理由にはならない。ただ、薄皮《うすかわ》一枚だろうが守られているという意識は、ガードを緩《ゆる》くする。実際にはカーテン、木、そして二階以上にある部室の高さと、三枚重ねの防壁《ぼうへき》に守られているのだ。彼女たちは安心しているだろう。そしてそこがねらいだ。そう、守られているからこそ人は無防備な姿をさらすのだ!!」

確かに心の防壁を緩くした女の子たちはより自然な姿を見せることでしょう。

「でも、カメラのバッテリーはもつんスか？　もう何日も前から仕掛けてるんスよね？」

「それは問題ない。風力計と連動させて一定以上の風《ふ》が吹いたときのみビデオカメラの電源が入るようになっている。機械工作が得意な同志が苦心してつくった逸品《いっぴん》だ。初代ジャックは将来的なカメラの小型化も見越《みこ》していたからな。カモフラージュもばっちりでそうそう見つけられるものではないだろう」

それにしてもこのフェチ集団、よっぽど広い人脈をもっているようです。

「それらの改造カメラがここには五つほど仕掛けてある……」

そこまで説明したところで、携帯《けいたい》でどこかと連絡《れんらく》を取っていたらしいフェチさんの一人が言った。

「ジャック、体育棟《とう》内の生徒たちはほぼ帰宅をしたそうです」

「よし、時が来た!!　皆《みな》の者、宝を回収するぞ!!」

「おお!!」

はしごを手にしたフェチの皆さんが高らかに声を上げた。

そして、さあ、お宝の入ったビデオカメラの回収だ……と作業に取りかかろうとしたまさに
その時、凛《りん》とした声が響《ひび》いた。

「そこまでです!!」

「そこまでです!!」

「……………やはり我らの前に立ちはだかったのはおまえたちか」

ゆっくりと振《ふ》り向いたジャックさんの目に映ったのはアリスさん率いる御伽《おとぎ》銀行女子行員の
皆さんだった。

ジャックさんの方に歩いていきながらおおかみさんが話しかける。

「……また会ったな」

「おまえはいつぞやの……」

おおかみさんとジャックさん、三日前……というか冒頭《ぼうとう》で会ってます。

「あのときは、気弱そうなお坊《ぼっ》ちゃんだと思ってたが、それが本性《ほんしょう》だったのか？　おまえの言葉に少しでも感心した自分がばからしい」

「いいや、あれは本心だった。植物は手間をかければかけるほど、応《こた》えてくれる。あの木は童話の豆の木のように宝の元へと我らを導いてくれる大切な木だからな。心の底から健《すこ》やかな生長を願っていたよ」

「ふん。…………で、何か言い残すことはあるか？」

おおかみさんは拳《こぶし》を打ち合わせる。猫顔《ねこがお》つきメリケンサック、ねこねこナックルを装備しているためガッガッととても痛そうな音が鳴り響《ひび》きます。

「ないな。我々の夢は誰《だれ》にも邪魔《じゃま》はさせん!!　…………頼《たの》みます先生!!」

そのお約束な言葉と共にフェチの集団の中から嫌《いや》そうに前に出てきたのは亮士《りょうし》くんだった。

浦島《うらしま》さんもついでにいます。

「亮士おまえ……」

敵集団から現れた亮士くんを、おおかみさんは思わずにらむ。

「いや何というか……浦島さんに誘《さそ》われてついて行って気がついたらこんな事に」

「……無理矢理なら邪魔しないでくださいませんの？」

まきこまれた〜と苦笑している亮士くんにりんごさんが言う。

「いや、そうしたいのはやまやまなんスがね……そうもいかないんスよ」

「弱みでも握《にぎ》られてるんですの？」

そのりんごさんの問いに、亮士くんは首を横に振《ふ》る。

「……成り行きとはいえ男と男の約束というのをしちゃったんスよね」

そう言っておおかみさんたちの前に立ちはだかる亮士くん。これは、ジャックさんたちのあまりのかっこよさに感銘《かんめい》を受けちゃってますね。実に駄目《だめ》ですね。

「だからここは通すわけにはいかないっス」

亮士くんは武道なんて習ったことないので構えらしい構えは取ってませんが、身体《からだ》の力を抜《ぬ》き自然体で攻撃《こうげき》をくらってもすぐ対処できるようにしています。これは大自然から学び取った猟師《りょうし》スキルでしょうか。

「……へぇ、男じゃねーか」

その亮士くんを見て、おおかみさんは少しだけ感心する。

「もっとましなところで男を発揮して欲《ほ》しかったですのよ」

りんごさんの言うことも実にもっともです。

「……太郎《たろう》様も同じでございますか？」

「もちろんだ。俺《おれ》は彼らの理念に共感した。だから協力する。それに……そろそろ本気で修行《しゅぎょう》の成果を見せようと思っていたところだ」

浦島さんも凜々《りり》しい顔で乙姫《おとひめ》さんに向かい合う。

「…………ぽっ」

そのかっこよさに乙姫《おとひめ》さんは頬《ほお》を染める。真面目《まじめ》な顔をすると浦島《うらしま》さんはほんとに美形です。

二人以外にもフェチの皆《みな》さんからも何人か足止め用の人員が出て来ます。その顔は挺身《ていしん》の決意と覚悟《かくご》に満ちています。

「……おまえたちの犠牲《ぎせい》はけして無駄《むだ》にせん!! 残りは作業に取りかかれ!!」

「「「はっ」」」

ジャックさんの号令でフェチの皆さんは散り、残ったのは足止め部隊のみ。

少しのにらみ合いの後、おおかみさんは聞いた。

「もう一度聞くぞ亮士《りようし》……おまえ本気でオレとやんのか?」

「……ふっおれと涼子《りようこ》さんが戦って勝負になるとでも?」

「へっ言うじゃねえか」

「そりゃあ、伊達《だて》にコンビ組んでるわけじゃないっスよ」

「まあそりゃそうか」

「そうっスよ」

おおかみさんはどう猛《もう》に笑い、亮士くんは少し苦笑《くしよう》気味に笑う。

「じゃあいくぞ!!」

「了解《りようかい》っス!!」

うおお、かっこいいです。燃え上がってます。しかし、ちょっとここでキュルキュルとテープを巻き戻《もど》してそこに亮士くんの心の内を付け加えるとこの通り。

「へえ、やんのか？」

「ふっおれと涼子さんが戦って勝負になるとでも？（後ろ向きな意味で）」

「……言うじゃねえか」

「そりゃあ、伊達にコンビ組んでるわけじゃないっスよ（だから勝てないことなんか百も承知です）」

「まぁそりゃそうか」

「そうっスよ（そもそもおれが涼子さんを攻撃《こうげき》できるとでも？）」

おおかみさんはどう猛に笑い、亮士くんは思いっきり引きつる。

「じゃあいくぞ!!」

「了解っス!!（辞世の句は何にしようかなぁ……）」

というこことで……

「…………まあ、こうなりますのよね」

りんごさんの目の前で、おおかみさんが殴《なぐ》りかかり、亮士くんがよけまくるという非常に一方通行な拳《こぶし》による会話が繰《く》り広げられてます。これでは友情などの特別な感情が芽生えることはないでしょう。

「てめーよけんな!!」

「よけないと痛いじゃないっスか!! というかお願いっスからねこねこナックルはやめてくださいっス!! それマジ凶器《きょうき》っスよ!?」

「うるせー!!」

おおかみさんは叫《さけ》ぶ。業《ごう》を煮《に》やしたのか、ベルトにつけたウエストバッグからコードを取り出してねこねこナックルに装着する。

「マークIIはマジやばいんでやめてくださいっス!!」

「動くなっ!!」

「ンな無茶《むちゃ》なっ!!」

おおかみさんの主要武器、殴《なぐ》ったらかわいい猫《ねこ》の痣《あざ》がつく魔女《まじょ》さん謹製《きんせい》ねこねこナックルは、バッテリーに繋《つな》ぐことによりねこねこナックルマークIIに進化し、殴ったら電流が流れるスタンガン仕様になるのだ。

「おらあっ!!」

「うひぃい!!」

おおかみさんのパンチが亮士《りょうし》くんの前髪《まえがみ》をかすめる。一撃《いちげき》必殺電撃パンチとなってるおおかみさんの攻撃はよける以外に対処法がない。

しかし、そのたぐいまれな目の良さと大自然の中で鍛《きた》えた運動神経をひたすらだめな方向に

つぎ込《こ》んで、亮士《りょうし》くんはおおかみさんの攻撃《こうげき》をよけ続ける。

「真面目《まじめ》に鍛《きた》えたらひとかどのスポーツ選手にでもなれたかもしれませんのに……すごくもったいないですの」

いや、りんごさん。あのダメすぎる対人視線恐怖症《きょうふしょう》をどうにかしない限り無理でしょう。

ともかく、予定通り時間稼《かせ》ぎにはなっているようなので、役には立っています。

「ま、ほっときましょうですの」

それでもう一人の用心棒、浦島《うらしま》さんはというと……乙姫《おとひめ》さんとどっかに行ってしまいました。

あの二人の対決を書いたらぶっちゃけ18禁になっちゃいますからね。でもまあ、一人減らせたことでこれも良しとしましょう。

そして残りのフエチの皆《みな》さんは肩《かた》を組んで肉の壁《かべ》になり、りんごさんたちを通せんぼしている。女性には手を出さないという信念をここでも遵守《じゅんしゅ》しようとするその姿は実に紳士《しんし》ですが……

「「「ぎゃはははははは」」」

それ以上にどうしようもなく馬鹿《ばか》です。

両手がふさがり完全無防備になった肉の壁の皆さんのわき腹を、りんごさん魔女《まじょ》さんおつうさんの三人がくすぐっている。少し考えればこうなるって分かりそうなことでしょうに。

うねる肉の壁は今にも決壊《けっかい》しそうだが、しぶとくこらえている。

「ここは……ここは命に代えても通すわけにはいかないのだ!!」

弁慶《べんけい》の立ち往生《おうじょう》を彷彿《ほうふつ》とさせる気迫《きはく》でくすぐり攻撃に耐えきる肉の壁の皆さん。でも、かわいい女の子にくすぐられた何人かはとても幸せそうな顔をしてる。

「……まあ、しかたないですの」

りんごさんたちはそれを見てなぜかあっさり引き下がった。

その余りにもあっけない様子に肉の壁の皆さんがはてなマークを浮《う》かべていたら……肉の壁の皆さんの後ろがなにやら騒《さわ》がしい。

肉の壁の皆さんが振《ふ》り向くと、そこではお宝回収部隊がなにやらぶち切れてる女子生徒たちに襲《おそ》われていた。

「うおおお」

「なにやってんのよ、この馬鹿どもがっ!!」

「えいえいえいっ」

「このくずっこのくずっ!!」

鬼気迫《ききせま》る勢いの女子生徒たちに、

「ぎゃー!!」

「たっ田中《たなか》ー!!」

「オレのことは良い、だから先に」

「おっおまえの死は無駄《むだ》には、ぐはっ……くっ……おれも……ここまでか」

「斉藤《さいとう》————————っ!!」

フェチの皆《みな》さんは逃《に》げまどう。

「……っこれは」

ジャックさんは愕然《がくぜん》とする。総大将であるジャックさんの周りには何人ものフェチの皆さんが陣取《じんど》り守ろうとしていますが、女子生徒の魔《ま》の手がジャックさんの元に届くのは時間の問題だ。

「ふふふ、私たちだけで来るとでも思っていたのですか?」

それを見ながらアリスさんが種明かしを始める。なにやらポーズまで決まってて、かっこいいです。

「とりあえず、応援を呼んでおきました。呼んだのは剣道部《けんどうぶ》柔道部《じゅうどうぶ》薙刀部《なぎなたぶ》合気道部などに所属する女子生徒と私の呼びかけに応《こた》えてくれた有志たち」

アリスさんは携帯《けいたい》電話を片手に心の底からの笑顔《えがお》を浮《う》かべて言った。

「これで…………チェックメイトです」

「……逃げ延びることができたのはこれだけか?」

暴徒と化した女子生徒の群れからどうにか逃げる事に成功したジャックさんとその他数人が、

校内に存在する隠《かく》れ家の一つに集まっていた。

「……はい」

「データを持ち出せた者はいるか？」

その疲《つか》れが混じったジャックさんの声に、生き残りのフェチさんたちは力なく首を振《ふ》る。

「…………いません。皆逃げるだけで精一杯《せいいっぱい》で」

「なんということだ……」

ジャックさんは絶望の表情でつぶやく。これが力及《およ》ばず夢破れた男の顔でしょうか。つーか、こんな事でそんな顔浮かべないでもと思わなくもありません。

「我々はたどり着くことができなかったのか……あの雲の上に……」

天井《てんじょう》を仰《あお》ぎ見て手を伸《の》ばすジャックさんと、

「ううっ」

「うっ」

男泣きに濡《ぬ》れるフェチの皆さん。

……一応言っておきますが、ここは別に悲劇的なシーンでも何でもなく、ただ盗撮《とうさつ》に失敗した駄目《だめ》人間が群れてるだけの光景です。

しかし、そんな負け犬たちに声がかけられた。

「ふふふ、それはまだわかりませんよ」

「なっなんだとっ!? どうしてここがっ!!」

その少しハスキーな女性の声にジャックさんが驚愕《きょうがく》の表情で振《ふ》り向くと、そこには一人の女子生徒の姿があった。生き残りの皆《みな》さんはどうにかジャックさんを逃《に》がそうと前に立ちはだかり壁《かべ》となる。

「ジャック、ここは我々が!!」

「そうです、あなたさえ残っていればまだ希望は繋《つな》がるんです!!」

「おまえたち……」

「さあ早く!!」

「あなたはこんなところで果てるべき人ではないのです!!」

「……………くっ!! ……………お前らの挺身《ていしん》、このジャック、忘れはせん。忘れはせんぞぉぉぉぉぉぉぉぉぉぉぉぉぉぉぉぉぉ!!」

後ろ髪《がみ》引かれまくりながらもジャックさんは脱出《だっしゅつ》しようとする。しかしその顔には確かな決意があった。

(作者注:なんだか熱い漢《おとこ》たちのドラマが繰《く》り広げられてますが、やっぱりただ盗撮《とうさつ》がばれた駄目《だめ》人間たちが逃げまどってるだけです)

しかし、そんな駄目人間たちの狂騒《きょうそう》を気にせず、女子生徒は落ち着いた声で言う。

「いやいや、逃げなくて良いわよ。私はあなたたちに救いの手をさしのべてあげようかなーって来ただけだから」

そう言って女子生徒は一枚のＤＶＤを取り出しひらひらしてみせる。

「…………どういうことだ？」

なにやら様子がおかしいなと逃げるのをやめ、ジャックさんは怪訝《けげん》な顔で聞き返す。話が本当ならあの中には女子生徒たちのあられもない姿が映っているはずなのだ。それを女子生徒が渡《わた》すとは思えない。

「どうもこうもないわよ。……えーと、あーあー、うん。あーあーごほん」

女子生徒がなにやら発声練習らしきものをすると、その声がみるみるうちに男性的に変わっていく。

「あー、まあこういうことだね？」

女子生徒は肩《かた》をすくめる。この声に聞き覚えのあったジャックさんは半信半疑で聞いてみる。

「……その声は桐木《きりき》か」

「そうだよ？」

頷《うなず》く女子生徒……というか女子生徒に変装している頭取《とうどり》さん。それにしても、相変わらず見事な変装です。見た目どこにでもいる普通《ふつう》の女子にしか見えません。

そう、見ての通り御伽《おとぎ》銀行のトップで中間管理職である頭取さん、本名桐木リストさんの特技は変装なのです。…………変装して別人になれば何やろうが自分に責任は降りかからないですからね。実に昼行灯《ひるあんどん》やら穀潰《ごくつぶ》しやらさんざんな言われかたしてる頭取《とうどり》さんらしい特技です。

「いやいや苦労したよ？　あの血に飢《う》えた獣《けもの》のような女の子たちの目を盗《ぬす》んでこれをくすねてくるのは？」

苦労したと言う頭取さんは、実際疲《つか》れてる感じです。さらにその声には疲れだけでなく恐《きょう》怖《ふ》も混じってるようです。……まあ、あの女の子たちの暴れようはすごかったですしね。

「……それで、どういうつもりだ？」

女子生徒に見つかったのではないと知り、ようやく落ち着いたジャックさんが聞く。

「いやさっき言ったように、これを君たちに進呈《しんてい》しようかなと？　もちろんただじゃなくて、貸しにするけど？」

貸し……ジャックさんは考え込《こ》む。まあ、御伽《おとぎ》銀行に借りを作るとむこうの都合でこっちの都合は関係なく強制的に借りを回収されちゃいますからね。できることなら借りは作りたくないですよね。しかし背に腹は代えられません。手に入れなければやって来たこと全《すべ》てが無駄《むだ》になるのですから。逆に頭取さんとしては男子生徒に多大な影響力《えいきょうりょく》を誇《ほこ》るジャックさんに大きな貸しを作れるのはとてもおいしいです。

というわけで、双方の利害が一致《いっち》した結果、

「……やむを得まい」

ジャックさんはゆっくりと頷《うなず》いた。

「じゃ、商談成立ということで？」

DVDを手渡《てわた》す頭取さん。

「おお……これが」

フェチさんの一人が大事そうにそれを両手で受け取る。

「あ、選ぶなんて余裕《よゆう》なかったから、どこの部室の隠《かく》し撮《ど》りが映ってるかわからないけど、それは勘弁《かんべん》してね？」

「ああ、わかった」

「それじゃあね～？」

頭取さんはそう言って帰る。地獄《じごく》から一転天国へやって来たというような感じのフェチの皆《みな》さんだけが残る。偶然だろうが他人のおかげだろうが、終わりよければ全て良しなのです。勝てば官軍なのです。

「それではさっそく」

そう言ってフェチさんの一人がDVDをプレイヤーにセットしようとするが、ジャックさんがそれを止める。

「いや待て、まずは散っていった者たちに黙禱《もくとう》を捧《ささ》げよう」

フェチの皆さんはジャックさんの合図で黙禱する。でも散ってません。

「では今度こそ………」

ここでがらっと雰囲気《ふんいき》を変える皆《みな》さん。

「お宝を拝見といこう」

そしてワクテカしながら画面に注目する。

用意していたDVDプレイヤーにDVDをセットし再生。微《かす》かに揺《ゆ》れるカーテンがテレビ画面に映し出される。

「おお!!」

「ここはどこの部室だ?」

「多分、チアリーディング部かと」

「おお、それはついていますな」

皆さんの期待がふくらむ。…………………………が、何かおかしい。

「…………何だ?」

画面がゆらゆらと揺《ゆ》れているが、目の前に映るカーテンは軽く揺れるだけで中が見えるほどにめくれない。つまり風はあまり吹《ふ》いていない。しかし画面は揺れている。このことから考えられることは……カメラの備え付けられた木の方が揺れているのだ。そしてこの揺れでカメラのスイッチが入った。

「なぜ……地震《じしん》なんかなかったはずだな?」

「はい、なかったですね」

「では何で画面……というか木が揺れているんだ？」

断続的に、一定の間隔《かんかく》で揺れる木に画面がぶれる。

「風ではないようですが」

何度目かの揺れの後、振動《しんどう》で仕掛《しか》けていたカメラの向きが変わったらしく、画面がぐるんと下を向いた。

木の根元が画面に映り……揺れの原因が判明した。

一人の女子生徒が親の敵《かたき》とばかりに木を蹴《け》りまくっていたのだ。

助走をつけて蹴りを入れ、すぐさま離《はな》れてまた助走をつけ蹴りを入れるを繰《く》り返している女子生徒。そのすらりとのびた美しい脚《あし》に全体重を込《こ》め木を揺らすほどの破壊力《はかいりょく》を木にたたき込んでいます。

「…………………………………………なにをやっているんだ？」

すさまじく深い沈黙《ちんもく》の後、ジャックさんが皆の気持ちを代弁するかのように言った。確かに何やってんでしょう。

そして何度目かの揺れ……つまり蹴りの後、その女子生徒はじーっと木の上を一度見上げ何かを確認した後、木の根元にハンカチを敷《し》き幹に身体《からだ》を預け……すぴょすぴょと幸せそうに寝《ね》始める。

「…………………なるほど、寝ているときに木から虫などが落ちてこないように、揺《ゆ》すってあらかじめ落としておこうとしていたのか」

一人が呆然《ぼうぜん》としたままつぶやいた。そして痛いほどの沈黙《ちんもく》が室内に再び落ちる。

「…………」

「…………」

「…………」

そんな重苦しい空気の中、テレビ画面には知らぬ間に男たちの最後の希望を打ち砕《くだ》いていた女子生徒……おおかみさんが幸せそうに眠っている姿が映っていた。


こうしてジャックとその仲間たちによるジャックと豆の木大作戦は失敗に終わりました。

知らぬ間にジャックと豆の木大作戦壊滅《かいめつ》の最大功労者になっていたおおかみさんは……

「おい、のどかわいたぞのどー、一分以内に茶ぁー買ってこい」

「はっはいただいまっス――――――――――――はぁ……はぁ……行って来たっス」

「おせーぞおらー、一分以内って言っただろうが」

「いやでも、全力で走っても五分はかかる……」

「んなもん気合いでどうにかしろや」

「そんな無茶《むちゃ》な……」

「…………それに、なんですのこれは？　今の私はお紅茶の気分なんですのよ？　それくらい言わなくても察して欲《ほ》しいものですの」

「かっ買い直してくるっス」

……りんごさんと一緒《いっしょ》に、ほっぺたに大きな猫《ねこ》の痣《あざ》がついた亮士《りょうし》くんをいびっていた。

亮士くんは負い目があるのでもう言いなりで、すごく情けないです。

そしてこれと同様の事が御伽《おとぎ》学園各所で起こっていました。

あの集団の立てた計画がアリスさんの手により暴露《ばくろ》されたのですが、日夜パンチラと戦っていた女子生徒たちの怒《いか》りは筆舌《ひつぜつ》に尽《つ》くしがたく、しかもかなりの男子生徒が計画に関《かか》わっていたことも同時に暴露されたので男子の発言権がかなり低下したのです。

「…………買って……来たっ……ス」

「あ、買ってきたばかりのところ悪いですけどやっぱり気が変わりましたのー、今度はお茶の気分になりましたのー」

「オレはなんか腹減ってきたな。……あれだ、駅前にコンビニあんだろ。あそこの肉まんが食べたい」

「コンビニならすぐ側《そば》にも……しかも今は夏っスし時期的にあるとは……」

「うるせー!!　オレはあそこの肉まんが食べたいんだよ!!」

「ひー了解《りょうかい》っス」

……どうやらこの状況《じょうきょう》はこれから当分の間続きそうです。

しかしこんな状況にもかかわらずまったく懲《こ》りない皆《みな》さんがいます。

「皆、聞いてくれ……武運つたなく我らは敗《やぶ》れてしまった」

そのジャックさんの言葉にフェチの皆さんはうつむく。所々ですすり泣く声まで聞こえてくる。どれだけ女の子たちの着替《きが》えシーンが見たかったんですか、あなたたちは。

「だが……真の敗北とは、心が折れたときである!!」

フェチの皆さんは顔を上げる。

「策は破れた、汚辱《おじょく》にまみれ地に伏《ふ》した。だが我らは負けたのか？　否《いな》、我らは負けてはいない。なぜなら心は折れていないからだ!!」

ジャックさんの言葉で、負け犬だったフェチさんたちの瞳《ひとみ》にだんだんと力が戻《もど》っていきます。

「心が折れていなければ明日がある、あきらめなければ次がある!!」

ジャックさんはこの場にいるフェチの皆さんを見回した後宣言した。

「これよりJack and the Beanstalk Project Max Heartを開始する!!」

…………めでたしめでたし？

〜〜〜追記1　某所《ぼうしょ》での老人と語尾が疑問系な少年の会話〜〜〜

「ごくろうじゃったな」

　老人がひげをなでながらそう言い、細目の少年が疲《つか》れた顔でそれに答える。

「ええ、ホント疲れましたよ？　ずいぶんと前から変装してフェチの集《つど》いに潜入《せんにゅう》して情報を手に入れて、さらにはアリス君に僕だとばれないようにその情報をリークする？　変装を色々変えつつ自然にアリス君に伝わるようにそれを行うのはホント骨が折れましたよ？　まったく、この貸しは大きいですよ？」

「わかっておる」

「……でもこれで、あなたのお望み通りの展開になったと思いますがね？」

「うむ。問題ない。…………祭りは、準備中が一番楽しいものじゃからの」

「だから自分で認めた計画をつぶしたんですか？　……まあ確かに、彼らは楽しそうでしたがね？」

「皆で力を合わせて悪巧《わるだく》みをする。この経験は何物にも代え難《がた》い経験じゃろう？　今回の計画は失敗した……失敗させたが、あの悪巧みの楽しさを知ったあやつらは、また別の計画を立てるじゃろう」

確かに立ててましたね、なんかすごくダメ度がアップした名前の計画を。

「それにあれは成功させてはあかんじゃろう。未遂《みすい》ですんでぼこぼこにされたからこそ、笑い話ですんでるんじゃしの。……と、それでここからが本題じゃが………おぬし、儂《わし》の依頼《いらい》に便乗して一つ貸しを作ったらしいの？」

「……さすがの地獄耳《じごくみみ》ですね？　僕は確かに彼らにDVDを一枚ほど高く売りつけましたよ？」

「本物を渡《わた》したら計画が成功したということになるのじゃから、偽物《にせもの》を渡したということじゃろう？」

「………」

少年は肯定《こうてい》も否定もしない。

「ということは本物がおぬしの手元にあるということじゃな。そんなおいしい……もとい危ないものが一生徒の元にあるというのはダメじゃろうから………学園の長たる儂が厳重に保管しておいてやろう!!　さあ!!」

早く早く早く……と、老人はスケベ丸出しで言う。実にスケベ爺《じじい》です。

「……まあ、いいですよ？　ただ、これも貸しですけどね？　僕が危ない橋を渡ったからこそ手に入れられたんですから？」

「ぐっ……いいじゃろう」

渋《しぶ》りつつ頷《うなず》くが、……現金なものでその渋面《じゆうめん》はDVDを渡されると満面の笑《え》みに変わる。

うきうきとノートパソコンを取り出して、老人はDVDを再生しようとする。準備万端《ばんたん》だったようです。

「じゃあ、僕は帰りますね？　…………………ああ、そうそう？」

「なんじゃ？」

うきうきわくわくと待ちきれない様子でノートPCが立ち上がるのを待っている老人に、少年が扉《とびら》を開きながら言った。

「実はそのDVD、内容があまりに面白《おもしろ》かったのでコピーしたんですよね？」

「なにっ……まあ、おぬしならどこかに漏《も》らすこともあるまい。ふっふっふっ、おぬしも好き者よのう」

それを聞いてさらにうきうきわくわくどきどきと、老人は小躍《こおど》りしだす。

そんな老人に、

「いえいえ、あなたには負けますよ？　それでは？」

と言って、少年は部屋を出る。…………が、なぜか少年は部屋の前で立ち止まり、一向にこの場を立ち去る様子がない。

そしてそのまま何分か経《た》った後……

「なっなんじゃこれは〜〜〜っ!?」

部屋の中から老人の驚愕《きょうがく》の声が聞こえてきた。

少年が渡《わた》したDVDの内容はフェチの皆《みな》さんに渡したのと同じものだったのだ。だが、少年は最初から最後まで嘘《うそ》は言っていない。言葉がほんの少し足らなかっただけ。故《ゆえ》にだましたことにならず貸しも貸しのまま残るだろう。本物を渡したことには変わりないのだから。

老人の魂《たましい》の叫《さけ》びを聞いた後、少年はいつも通りのなに考えてるんだかわからない笑顔《えがお》でつぶやいた。

「確かに偽物《にせもの》を用意してはいたんだけどね？　…………いやいや、それにしても大神君《おおかみ》はたのしい娘だねぇ？」

〜〜〜〜追記2　おおかみさんVS亮士《りょうし》くんの決着について〜〜〜〜

「てめえいい加減あきらめろ!!」

おおかみさんはぶんぶんパンチを振《ふ》り回す。怒《いか》りからか大振りになって、全然亮士くんに当たりそうにない。

「いや、あきらめられないっス!!　だってそれ当たったらむちゃくちゃ痛そうじゃないっスか!!」

「痛くしないから、当たれっ!!」

「いや、その凶器《きょうき》を外そうともしないでそう言われても説得力皆無《かいむ》っスよ!!」

「ああもう〜〜〜」

いらだちがピークになったのか、おおかみさんは大きく空気を吸い込《こ》み…………叫んだ。

「動くなっ!!」

さらにおおかみさんは言葉だけでなく思いっきり亮士くんをにらみ付ける。

その言葉と強烈《きょうれつ》な視線に亮士くんはビクッとなり硬直《こうちょく》する。そして次の瞬間《しゅんかん》、おおかみさんのパンチが亮士くんに命中した。

「ぎゃ――――!!」

亮士くんは悲鳴を上げながら倒《たお》れる。

なんというか……亮士くんってほんとおおかみさんには弱いんですね。まあ、恋愛は惚《ほ》れた方が負けとも言いますが。

〜〜〜追記3　浦島《うらしま》さんについて〜〜〜

浦島さんは次の日からしばらく学校に来ませんでした。

オオカミさんと素敵な設定画

～りんごさん～

日夜、読者の皆さんに喜んでもらうために、うなじ画伯は色々と想像（妄想？）を膨らませているのです。秘蔵のキャラ設定画も、ほら、こーんなにたくさんあります。ご堪能あれ。

【初期設定】 見よ！　このこだわりを！　細部のこだわりに漢気を感じさせます。

【リニューアル制服】 自分をかわいく見せることに余念がないりんごさん。制服だって新調しちゃうのさ、ってことで小物も増えてます。

おおかみさん白雪《しらゆき》さんと出会いりんごさんのためにがんばる

「……………あちーな」

「……暑いですの」

燦々《さんさん》というか燦々燦々くらいいってそうな太陽におおかみさんは舌をだしてハァハァ言っていた。おおかみさん、すごく犬っぽいです。

「暑い……何でオレらここにいるんだっけ？」

おおかみさんはあまりの暑さに記憶《きおく》が飛びかけてしまっている。そんなおおかみさんにこちらも焼きりんご寸前といった様子のりんごさんが答える。

「……お買い物ですの」

こちらも口をあけて酸欠の鯉《こい》みたいにぱくぱくしてる。

おおかみさんたちの住む御伽花《おとぎばなし》市は山に囲まれた盆地《ぼんち》なので熱がこもる訳なんですよ。時々これまたここ特有の風が吹《ふ》いて空気が流れたりしますが、今はむちゃくちゃ凪《な》ぎまくってます。

それで暑さを少しでもましにしようと、二人はりんごさんのさしてる日傘《ひがさ》に一緒《いっしょ》に入ってるんですが、なにをしようが暑いものは暑いのです。日傘《ひがさ》に二人入ろうとすればくっつきすぎて暑いし、離《はな》れれば日傘からはみ出てしまいます。第一アスファルトからの熱は日傘じゃどうしようもないですしね。おかげで二人はお間抜《まぬ》けな顔をさらしているわけです。

ま、そんなおおかみさんたちの乙女《おとめ》にあるまじき惨状《さんじょう》はともかく、お買い物に出かける途中《とちゅう》らしいお二人は私服です。パンツルックで動きやすさを重視し着飾《きかざ》らないおおかみさんに、いつも通りひらひらふりふりで着飾りまくっているりんごさん。まったく正反対の二人。でもそんな二人が一緒《いっしょ》にいると思い切りアンバランスなようでなんかとてもしっくり来る気がするのは一緒に暮らしてきた年期故《ゆえ》……といいたいところですが、りんごさんが二人まとめてコーディネートしているからです。渋《しぶ》るおおかみさんにどうにかかわいいのを着させようとするりんごさんの戦いは終わることがないのです。硬派《こうは》気取ってるおおかみさんのボーイッシュな服装の所々にかわいい感じの意匠《いしょう》やら小物やらがくっついているのはりんごさんの努力ゆえなのです。

……二人の間に流れる自然な空気もその違和感《いわかん》のなさの理由の一つなので、年期というのもあながち間違《まちが》いじゃないですが。

そんなこんなで、りんごさんにだらだら歩いてる目的を思いださせられたおおかみさんだった。そんなおおかみさんは実にだるそうに答える。

「あー……特売だったな」

「……卵が安かったですの、お一人様一パック。タイムサービスなのでこんな暑い中歩いてんですのよ」

実に生活感あふれまくっている二人ですが、バイトもせずに仕送り生活の二人はこうやって少しでも生活費を浮《う》かせようとしているんです。仕送りの残りがお小遣《こづか》いになるんですよ。りんごさんには別の理由があったりしますが、まあそれは後で。

「………………話すのもだるくなってきたな。さっさといこう、店はクーラー効いてるだろうしな」

「異議なしですのー」

と言いつつ今までと同じスピードで歩き続ける二人、まあこんな中で走ったりしたら普通《ふつう》に倒《たお》れそうですしね。

そんなわけで、おおかみさんたちの住む御伽花市《おとぎばなし》は夏真《ま》っ盛《さか》りです。

おおかみさんたちがはぁはぁ言いながらやって来たのは御伽花市に何店舗《てんぽ》か店を構えているスーパー。もちろん荒神《あらがみ》グループの傘下《さんか》ですが、まあそれはおいといて……

「うひー涼《すず》しいー」

「生き返りますの～」

おおかみさんとりんごさんは冷房《れいぼう》の効き過ぎるほど効いた涼しい店内に復活する。ようやく視聴《しちょう》に耐《た》えられるくらいのお顔に戻《もど》ってます。ヒロインがアレじゃあ色々問題ですしね。

「じゃあ、行くか」

回復したところで、おおかみさんは何故《なぜ》だか準備運動なんてやりだす。

「時間もちょうど良いみたいですし」

りんごさんの視線の先には、人だかりが商品搬入口《はんにゅうぐち》の辺りでたむろしている。ここからタイムサービスの商品が出てくるのだろう。

周りを見渡《みわた》せばこういう場面にありがちなこれぞおばさんって感じの年配の女性だけでなく、若い人たちもそれに混ざってる。学生の街だけあって貧乏《びんぼう》学生も多いでしょうしね、というかそういう人たちにとっては死活問題なんでしょうね。とりあえず、戦場《ここ》で揉《も》まれたこの街の学生たちは、将来スーパーなどで行われる戦争でそう簡単に負けることはないでしょう。

「……戦闘《せんとう》開始だ」

そんな人だかりにおおかみさんがさっきのだるだるから一転、獲物《えもの》をねらう鋭《するど》い目で言った。

実に頼《たの》もしいです。

「卵2パックゲットだぜ!! …………マジ疲《つか》れた」

「お疲れですのー」

血で血を洗う醜《みにく》い争いから、おおかみさんは見事生還《せいかん》しました。なんだかよれよれになってますが、よっぽど酷《ひど》い死闘を繰《く》り広げてきたんでしょうね。

「で、涼子《りょうこ》ちゃんは今日何が食べたいですの？」

「何か肉っぽい物」

おおかみさんは肉食だ。お肉は女の子にとって大敵っぽいが、運動するおおかみさんにとっては問題ない。それどころか肉食わねーと力が出ねーって感じなのだ。りんごさん的には超問題ありなのだが。

「はぁ、わかりましたの」

ダイエット考えないとですのーなんて考えながらりんごさんは頷《うなず》く。

「おうよ!!」

「じゃあ私は〜」

二人はカート押《お》しながらわいわいと買い物を続ける。ホント仲が良いですね。

「というか涼子ちゃん、野菜も取らないといけませんのよ」

「…………苦いの以外ならオーケーだ」

「じゃあ、今日はピーマンを買ってピーマンの肉詰《にくづ》めでも作りましょうですの」

「言ってるそばから苦い野菜じゃねーか!!」

「そんなこと言ってると肉抜《ぬ》きにしますのよ？」

「ピーマンの肉詰めから肉抜いたらそれただの焼いたピーマンだろ!!　鬼《おに》かおまえは!!」

「ふふ〜ん、私は別にピーマン嫌《きら》いじゃないんですも〜んですの」

……………ホント仲が良いですね。

そしてカートが山盛りになったころ、二人はレジに向かう。

「買いすぎじゃねーか？」

「そう思うなら、ぽんぽんぽんぽんカゴにいろいろ放り込《こ》まないでくださいの」

「うっ」

「でもまあ、大丈夫《だいじょうぶ》……」

なんてりんごさんが口を開いたその時、

「あら～りんごちゃん～!!」

レジを打ってたお姉さんがりんごさんの顔を見て声を上げた。

その声にりんごさんは固まる。

「……白雪《しらゆき》……先輩《せんぱい》」

りんごさんに声をかけたのは、ふわふわとウエーブした柔《やわ》らかそうな髪《かみ》を白いカチューシャでまとめたとんでもない美人さんだった。そのレジ打ちお姉さんの胸には『白雪姫乃《ひめの》』という名札がある。美人店員白雪さんはりんごさんのリアクションを気にせず話しかける。

「姫お姉ちゃんって呼んでほしいっていったでしょう～？」

少しの間固まっていたりんごさんですが、そこでどうにかいつも通り笑顔《えがお》を浮《う》かべる。ただ、今の言葉は聞かなかったことにしたいらしいが。

「そっ……それで、何かご用ですの？」

「用がないと話しかけちゃいけないかしら～？」

「そんなことありませんのよ」

りんごさんは親しげに笑顔《えがお》を浮《う》かべている。でも、おおかみさんにはわかる。これは完全によそ行き用の笑顔で、相手と自分の間に一本の線を引いているのが目に見えるのだ。

おおかみさんにはりんごさんがこんな笑顔を浮かべる理由がよくわかります。自分の過去を話したのはおおかみさんだけでなく、りんごさんも同じなのだから。

「でも、用はないこともないのよ～。りんごちゃん、この後少し良いかしら～？　頼《たの》みたいことがあるんだけど～？」

「えーと、今日は……」

暗に何か用事があるんですのよと匂《にお》わせようとするりんごさんだが、

「別になんにもないけどな」

いきなり割り込《こ》んできたおおかみさんのせいでその企《たくら》みはご破算《はさん》となる。恨《うら》めしげな目を向けるりんごさんをスルーしつつ、おおかみさんは聞く。

「白雪先輩《しらゆきせんぱい》」

「えーと、あなたは～」

「りんごのルームメイトの大神《おおかみ》です」

「そう～、りんごちゃんのお友達なの～。りんごちゃんがいつもお世話になってます～」

「いえ、こちらこそ。とりあえず、入り口の方にあったベンチで待ってるんで」

「わかったわ～もう少しで休憩《きゅうけい》だから少しだけ待っててね～」

しゃべっている間にもぴぽぱと商品をレジに通している白雪さんは、ものすごく癒《いや》し系な笑顔で言った。

「435２円になります～」


休憩スペースのベンチでジュースを飲んでるおおかみさんに、りんごさんは非常に不機嫌《ふきげん》な顔で聞いた。

「で、涼子《りょうこ》ちゃんどういうつもりですの？」

「いや、嘘《うそ》はいけないだろ嘘は」

「…………どういうつもりですの？」

軽口でごまかそうとするおおかみさんにりんごさんがもう一度真面目《まじめ》に聞くと、おおかみさんは表情を真面目なものに変える。

「……それはおまえが一番良くわかってんじゃねぇか？」

りんごさんはそんなおおかみさんをにらみ付け……

「…………」

しかし、その無言のにらみ合いに最初に折れたのはりんごさんだった。

「……はあ、確かに私は逃《に》げようとしましたの」

「…………………なあ、りんご。白雪先輩《しらゆきせんぱい》はおまえがこの街に来た理由の一つだろ」

「確かにそうなんですけど……」

「おまえが白雪先輩の気持ちを知るのが怖《こわ》いのはわかるが……」

「……涼子《りょうこ》ちゃん、わかってるんですの。行動を起こさないといけないことは。でも……ふふっ、憎《にく》まれて恨《うら》まれて当然なのに今更《いまさら》なにを怖がってるんだかですの」

自嘲《じちょう》するりんごさん。そんなりんごさんをおおかみさんは心配そうに見る。

「でもな、そろそろどうにかしないといけないだろ。白雪先輩は高三で、卒業したら接点はほとんどなくなるだろ。どうやら就職希望らしいし、もしかしたら会えなくなるなんて事にもなるかもしれねーぞ」

「そう……ですのね」

「白雪先輩がどんな話をするかはわかんねーが、何かのきっかけにはなるかもしれねーだろ」

「……………」

りんごさんは黙《だま》り込《こ》む。その顔に浮《う》かぶのは不安の表情だ。

「……りんご、なにがあろうとオレはおまえの味方だよ。おまえが誰《だれ》から嫌《きら》われようがオレはおまえを嫌いにならない、そばにいる」

真剣《しんけん》な顔でおおかみさんがりんごさんに言う。ただ、言い終わった後、少しテレながらそっぽを向くのは……まあおおかみさんらしいといえばらしいんですが。

「ふふっ」

「……わらうな」

照れて真っ赤になってるおおかみさんに、りんごさんは小さく言った。

「………ありがとうですの」


おおかみさんとりんごさんが友情を再確認《さいかくにん》した少し後、

「お待たせしちゃったかしら～」

ぽやぽやとものすごく幸せな雰囲気《ふんいき》をまき散らしながら白雪さんはやってきた。すごい美人なので、スーパーのありふれた制服でさえものすごく似合ってます。美人は着るものを選びませんね。

「いえ。それで頼《たの》みたいこととは？」

めずらしいこともあったもので、話を切り出したのはおおかみさんだった。口調も真面目《まじめ》でなんというか悪いものでも食ったのかとか心底心配そうな顔で聞いてみたくなるほど変です。いや、変じゃないんですがまともなのが変です。

でもこれはりんごさんのためだからでしょう。変ですが。

「えーと、それだけど～、私は確か前に力貸したと思うのよ～。その貸しを使ってね～」

「貸しを使って？」

「お留守番をお願いしたいの～」

とりあえず予想もしてなかった言葉におおかみさんとりんごさんの目は点になりました。


「ここっスか？」

「みたいだな」

おおかみさんが白雪《しらゆき》さんと遭遇《そうぐう》した翌日、何の変哲《へんてつ》もない普通《ふつう》の家の前におおかみさんと亮《りょう》士《し》くんはいた。玄関《げんかん》にかけられた表札に書いてある名は白雪だ。

「にしても、弟たちのお守《も》りをしてくれ……とは変な依頼《いらい》が来たっスね」

「だがまあ、しかたねーだろ。借りがあるんだから」

そう、白雪さんの依頼の子守《こもり》とは、最近忙《いそが》しいから弟妹たちの面倒《めんどう》見てくれない？　なんてものだったのだ。

「それで赤井《あかい》さんはどうしたんっスか？」

いつもおおかみさんとセットでいるりんごさんは今日はいない。

「なんか、まだ覚悟《かくご》ができてないとか……」

「覚悟っスか？」

「あ――まあ、なんだ。色々あんだよ」

おおかみさんはぽりぽりと頭をかく。

「そうなんスか。……で、今回のこれは借りの返済なんスよね」

「らしいな、オレは知らねーが。相手はミス御伽《おとぎ》学園コンテストのランキング一位だ。力を借りることもあるだろうよ」

「……確かに白雪さん、すげー美人っスもんねぇ」

亮士くんはふと本音を漏《も》らしてしまう。でも、好きな女の子の前で他《ほか》の女性の話題はだめだめでしょう。案の定、

「…………」

おおかみさんはちょっと不機嫌《ふきげん》に。それに気づいた空気に敏感《びんかん》な亮士くんはすかさずフォローする。

「あっいや、もちろん涼子《りょうこ》さんが一番っスけど」

「とってつけたように言ってんじゃねーよ!!」

「痛いっス」

照れ隠《かく》しなんだかホントに怒《おこ》ってるんだかわからないおおかみさんパンチが、亮士くんに炸《さく》裂《れつ》した。

ピンポーン。

「ごめんくださいっス」

「はい、どなたですかー？」

どたばたと走る音が聞こえてきた後、チェーンがかかったままドアが少しだけ開き、男の子の姿が見えた。その背後には他《ほか》に何人かの子供の姿も見える。

「あっ、こんにちはっス。おれたちは君たちと一緒《いっしょ》にお留守番するように頼《たの》まれて来たんスけどー」

「知らない人が来てもドアを開けちゃいけないって姫《ひめ》お姉ちゃんに言われてるのでー」

「オレらはその姉ちゃんに頼まれてきたんだよ。話は聞いてんだろ？」

「…………姫お姉ちゃんのお友達？」

「みたいなもんだ」

厳密に言えば違《ちが》うのだが、おおかみさんはめんどくさいと肯定《こうてい》する。しかし子供はそんなおおかみさんをばっさりと斬《き》る。

「お姉ちゃんのお友達が、そんなスケバンみたいな長いスカートはいてるわけないじゃん」

そう言ってドアが閉められた。スケバンなんて古い言葉知ってる子供ですね。

まあそれはともかく、おおかみさんのこめかみの辺りがぴくぴくっとなる。

ですがここで切れるのも大人げないと、スカートのウエストの部分を折り返してスカートの裾《すそ》を足首まであるスケバン仕様から普通《ふつう》の女学生仕様ぐらいまで短くします。

そんでもって、スカートが短くなったおおかみさんはもう一回ピンポーンと押《お》す。

「これでどうだ、文句ねーだろ」

今度もまた扉《とびら》が少しだけ開き、ガキが顔を見せる。

「ある。おまえあやしい。姫お姉ちゃんのお友達がそんな目つきの悪い怖《こわ》い顔をしているわけないじゃん」

「…………」

むかつくガキだと思いつつも、おおかみさんはしかたなく笑顔《えがお》を浮《う》かべる。頬《ほお》がぴくぴくしているのはご愛敬《あいきょう》です。

「ほら、今度こそ文句ねえな？」

そんなおおかみさん渾身《こんしん》の笑顔に、ガキは今度は口調にけちをつける。

「ある。姫お姉ちゃんの友達がそんな乱暴で怖い口調しているわけないじゃん」

「…………」

「声もなんか怖いしさー」

ついにはおおかみさんは怒《いか》りでぷるぷる全身が震《ふる》え出す。

「まあまあ、涼子《りょうこ》さん。子供、子供、子供のすることっスから」

そんな爆発《ばくはつ》寸前のおおかみさんをどうにかなだめる亮士《りょうし》くんに、

「はぁ〜〜〜ふぅ〜〜〜はぁ〜〜〜ふぅ〜〜〜」

おおかみさんは深呼吸をして気を落ち着け、ドアの隙間《すきま》から見えるガキににっこりと極上《ごくじょう》の笑顔《えがお》を向けた。

「こっこれでいいかしら」

おおかみさんは怒《いか》りを押《お》し殺してものすごくかわいい声を出す。どれほどかわいい声かは、驚愕《きょうがく》の表情でおおかみさんを見ている亮士くんからもわかろうものです。

しかし、そんなおおかみさんの渾身《こんしん》のかわいい声にガキどもは言った。

「…………ぷっ、馬鹿《ばか》じゃねーの」

ブチン
何かが派手な音を出して切れました。やっぱおおかみさんの堪忍袋《かんにんぶくろ》の緒《お》ですかね？　もしくは血管？

「……てってめぇこのがきゃぁあ!!　人が下手《したて》にでりゃあつけあがりやがって!!」

次の瞬間《しゅんかん》叫《さけ》びながら走り出し家の庭の方に回るキレたおおかみさん。そして……

がらがらがら
「あっ!!　どろぼー!!」

鍵《かぎ》が開いていたらしい窓から家の中に侵入《しんにゅう》する。あっという間の出来事で亮士くんが止める暇《ひま》すらない。

そんなおおかみさんの予想外の行動に少しの間フリーズしていた亮士くんだが、少し経《た》って復活する。

「…………はっ、ちょっ涼子《りようこ》さんさすがにそれはまずいっスよ!!」

慌《あわ》てて亮士くんが庭に回ってみると、家の中ではわいわいがやがやどたばたどたばたみたいな騒音《そうおん》が聞こえてくる。時折子供の泣き声や悲鳴が混じっている気がしますが間違《まち》いなく気のせいです。気のせいったら気のせいなんです。

しばらくして静かになった頃《ころ》、窓からおおかみさんが顔を出した。

「亮士、鍵開けさせるから玄関《げんかん》に回れ」

……どうやら決着がついたらしい。


「えーと、おじゃまするっスー」

おおかみさんに言われて白雪《しらゆき》さんちの中に入った亮士くんが見たのは……

「おう、来たか」

三段重ねくらいの座布団《ざぶとん》の上であぐらをかいたおおかみさんと、おおかみさんの前で並んで正座している七人の子供たちの姿だった。

「おい、おまえら自己紹介《しようかい》しろ」

「「「「「「はい、涼子《りょうこ》おねーちゃん」」」」」」

どうやらおおかみさん、このわずかな時間に群れの序列をはっきりさせたようです。

「一也《かずや》です」

「二葉《ふたば》です」

「三太《さんた》です」

「四市《よいち》です」

「五月《さつき》です」

「六郎《ろくろう》です」

「七子《ななこ》です」

総勢男子四人に女子三人。これに白雪《しらゆき》さんが加わるのだから、白雪家はすごく子だくさんの家庭のようだ。

「歳《とし》はみんな七歳です」

「………七つ子っスか」

驚《おどろ》く亮士《りょうし》くん。確かに子供たちはみんな同じ年頃《としごろ》のようです。

「で、オレらはおまえらの姉ちゃんから頼《たの》まれて今日から三日間、昼間だけだがおまえらの面《めん》倒《どう》を見ることになった。さっきも言ったがオレが涼子でアレが亮士だ」

「「「「「「「はい、涼子おねーちゃん」」」」」」」

またもや子供たちは一糸《いっし》乱れず答える。

それにしても……おおかみさん、いったい何したんでしょうね。

おおかみさんがガキ大将で馬鹿《ばか》ガキどもはその子分、そして最下層に位置するのが……子守中《こもりちゅう》。

「おい亮士、なんか芸しろや」

「おーいけいけー」

「がんばってー」

亮士くん。完全になめられてます。

「なんだよ。なにもできねーのかよ」

「つかえないねー」

どうやったらここまで馬鹿にされるんだ？　ってくらいなめきられてます。

「なら、鳴けよ」

「……ブーブー」

「豚《ぶた》だ、豚がいるぞー」

「ほんとだーぶたさんだー」

「おいおいてめぇ、豚のくせに頭《ず》が高いぞー」（↑おおかみさん）

「………ブー」

はいつくばっている亮士《りょうし》くんに乗っかって好き勝手言っているガキども。おおかみさんも混じってたりしますがそれはともかく…………何でしょう、この涙《なみだ》がこぼれそうになる光景は。残念ながらヒーローオーラがかけらも感じられません。知ってますか？　あれおおかみさんシリーズのヒーローですよ？


そして亮士くんの苦難の時間が続くこと数時間、ようやく日が傾《かたむ》きかけた頃《ころ》に、

「ただいま～」

白雪《しらゆき》さんがバイトを終えて帰宅した。

「あっ、姫《ひめ》お姉ちゃんだ!!」

亮士くんをいたぶるのをやめて、だだだだだーっと玄関《げんかん》に向かうガキども。整列して白雪さんを出迎えます。

「「「「姫お姉ちゃん、おかえりなさい」」」」

「うん、ただいま～。みんないい子にしてた～？」

「「「「うん!!」」」」

ガキどもは思いっきりいい笑顔《えがお》で肯定《こうてい》する。いい根性してます。

「…………」

とりあえず、ガキどもに弄《もてあそ》ばれてた亮士くん的には激しく言いたいことがあるんですが……

「涼子《りょうこ》おねーちゃんと亮士にーちゃんに遊んでもらったんだよ!!」

「「「「「うん」」」」」

「そう、それはよかったわね～。本当にありがとうございます～」

「いっいいえ」

……言える空気じゃありません。ただ、ぼろぼろよれよれになっている亮士くんを見てガキどもの行った行為《こうい》に全く気がつかない白雪さんもたいがいです。

「じゃあ、晩ご飯の用意しちゃうわね～」

白雪さんがそう言うと、

「あっ私手伝う」

「七子《ななこ》も～」

「ありがとう～」

七人のガキのうち、女の子三人が台所へ向かい、

「オレお風呂《ふろ》掃除《そうじ》するよ」

「オレたちは洗濯物《せんたくもの》取り込《こ》んでたたむね」

「おねがいね～」

実によく動くガキどもです。ここだけ見たらむちゃくちゃ姉思いのよくできたお子さんって

感じですが、さっきまでの悪ガキっぷりを見ていたおおかみさんたちにはそうは思えない。ただの、したたかなガキにしか見えません。まあ、お姉ちゃんっ子だということは間違《まちが》いないんでしょうが。

ガキどもがばたばたと走り去ってから、白雪《しらゆき》さんがおおかみさんに言った。

「今日は本当にありがとう～」

「いえ」

「とんでもないっス!!」

おおかみさんは至ってクールだが、よれよれ状態から少しだけ復活した亮士《りょうし》くんはテンションが高い。

亮士くんはどうやらものすごい美人に関《かか》わってしまって舞《ま》い上がっているようです。たしかに白雪さんは美人です。今期のミス御伽《おとぎ》学園に選出されたほどですからね……つまりこの白雪さんは人数の多いマンモス学校の御伽学園の中でも一番の美人さんの訳なんですよ。そんな亮士くんにおおかみさんは少々不機嫌《ふきげん》そうですが、依頼人《いらいにん》の前で切れるわけにもいかずおとなしいです。

「それで、…………りんごちゃんは？」

「……他《ほか》にすることがあって」

そのおおかみさんの言葉に白雪さんは残念そうな顔をする。

「……………………そう」

「では、また明日来ますんで」

「それではっス」

帰ろうとするおおかみさんと亮士くんに白雪さんはゆっくりと頭を下げた。

「はい～お願いします～」

「………疲《つか》れたっスね」

いまだ服がよれよれになって髪《かみ》の毛がぼさぼさになったままの亮士くんが、よろよろ歩きながら言った。ガキどもに弄《もてあそ》ばれてこんなひどい姿になっちゃったわけですが……すごく情けないです。でも、白雪さんにでれでれしていた姿を見ていたおおかみさんは無視する。

「…………」

「…………」

空気が重い。

そこで、このままじゃまずいと亮士くんは何か他《ほか》の話題を……と考えて、疑問に思いつつ聞いていなかったことを思い出した。

「それで、赤井《あかい》さんが来られない理由ってなんなんスか？　なんというか……よっぽどのことがないと来ないなんてことはなさそうなんっスけど。特に今回は赤井さんが受けた依頼《いらい》なんスよね？」

りんごさんはそうは見えませんが仕事熱心で実は真面目《まじめ》に仕事をしている人なのです。自分で受けた依頼《いらい》に顔を出さないなんてことは今までになかったので、亮士《りょうし》くんは気になったようです。

「あーそれはだな……」

おおかみさんはがしがしと頭をかき……少し黙《だま》った後言った。

「……りんごはなんつーか、ものすごく要領良いだろ。世渡《よわた》り上手《じょうず》というか」

「……………そうっスね」

りんごさんは自分の容姿がかわいくて庇護欲《ひごよく》をそそるの知ってて、それを利用してたりします。りんごさんがちょっと困った顔でかわいらしくお願いなんかしたら、誰《だれ》だってほいほい言うこと聞いちゃいますよ。りんごさんの本性《ほんしょう》を知ってる亮士くんだって、かわいくお願いされたらついつい言うこと聞いちゃうんじゃないですかね。

とまあ、それほどまでにりんごさんのお願いはかわいいんですよ。

「でもな本当に強かったら世渡り上手《うま》い必要ないだろ。一人で生きていけるんだから」

一匹狼《いっぴきおおかみ》の強さで一人生きていこうとしてたこともあるおおかみさんの言葉は重いです。一匹狼になれなかった……ならなかったからこそ実感がこもってます。

「あいつは一人で生きようとしてこの街に来て、でも弱いから他人を利用してた。そしてあいつが弱いのにこの街に来た理由の一つが、あの白雪先輩《しらゆきせんぱい》なわけだ。……オレが言えるのはここまでだな。これ以上はさすがに本人に聞いてくれ」

「…………了解《りょうかい》っス」

そのおおかみさんの真剣《しんけん》な言葉に亮士くんは頷《うなず》く。

「……ただオレ一人だと手詰《てづ》まりなのも確かなんだよ。前にあいつは言ってた。オレと自分は似た者同士だってな。確かにそうだ、そしてだからこそオレは……」

りんごさんも逃《に》げているが、おおかみさんも逃げているのだ。おおかみさんはもう気がついている。自分がただ強がっているだけだということに。でも、それがわかっていても嘘《うそ》の毛皮を脱《ぬ》ぐわけにはいかないのだ。それがまやかしの強さだろうと、強くないといけないのだ。だから自分の弱さを認められなくて、おおかみさんは未《いま》だにオオカミの毛皮を纏《まと》い続けている。

そんな似た者同士、逃げてる者同士が傷をなめあっているような、おおかみさんとりんごさんの関係。

お互《たが》いわかり合えている、支え合い助け合えているといえば聞こえはいいかもしれないが、実際はそんなもので……りんごさんに逃げるなというたびにおおかみさんは思うのだ。

おまえが言える立場か……と、そして逃げている自分がりんごの力になることができるのか……と。

「涼子《りようこ》さん？」

自分の考えに沈《しず》み込《こ》んでいたおおかみさんは亮士《りようし》くんの声で我に返る。

「…………なんでもない。まあそういうわけで、手を貸してくれるとありがてーな」

いつもならここで意地を張るんでしょうが、ちょっとだけ心が弱ってるし、なにより大親友で大切なりんごさんの為《ため》なので、おおかみさんは少しだけ素直《すなお》になってます。

「涼子さん……」

亮士くんはおおかみさんの言葉に「じ〜ん」と感動する。

「なっなんだよ」

「いや、涼子さんに頼《たよ》られるのがうれしくて」

「なっ！」

おおかみさんはぼんっと赤くなる。

「ててめぇみたいなヤツでもいないよりマシだってだけだよ!!」

「でも」

感動をかみしめるかのように笑う亮士くんに、おおかみさんはうがーと両手で頭をがしがしかき回してから亮士くんをおいて歩き出す。

「ああもう!!…………前に頼りにしてるって言っただろうが!!」

「はいっス!!」

ここで立たなきゃ男じゃねぇと亮士くんは燃え上がる。小走りで先を行くおおかみさんに追いついて聞く。

「それで、まずは赤井《あかい》さんに話聞きたいんスけど。状況《じょうきょう》がわからないと力になりようがないというかなんというか」

「…………そうだな。じゃあ、とりあえずうちにくるか。りんごいるだろうし」

「りょっ涼子さんの部屋に!!」

さっきとは違《ちが》う意味で燃え上がる亮士くん。確かに好きな娘の部屋に行くのに燃えあがらなきゃ男じゃねぇって感じなんですが…………

「…………おい」

時と場合は選びましょう。おおかみさんがものすごく冷たい目であなたのこと見てますよ?

「帰ったぞー…………」

おおかみさんは亮士くんを連れて帰宅した。

でも、玄関《げんかん》をあけるとりんごさんの靴《くつ》がない。りんごさんはどうやら外出中のようだ。

「って、りんごはいねーのか。まあ、待ってりゃすぐ帰ってくんだろ」

「とりあえず、あがれ」

「はっはい、おじゃましますっス!!」

かちこちに緊張《きんちょう》したまま靴を脱《ぬ》ぎ、亮士《りょうし》くんは短い廊下《ろうか》を歩いて二人の部屋に向かう。

そして……おおかみさんとりんごさんの部屋に一歩踏《ふ》み入れた瞬間《しゅんかん》、

「おお……」

亮士くんは感動の声を上げた。

存分にりんごさんの趣味《しゅみ》が反映されているからか、この部屋はものすごく女の子の部屋してます。パステル調の柔《やわ》らかい色遣《いろづか》いだし、ぬいぐるみとかのかわいい小物も転がってるし。なにやら良い匂《にお》いがする気がするし。

亮士くんはしばし感激と興奮《こうふん》の入り交じった表情でキョロキョロした後、

「…………すぅー」

「何やってるこのボケがっ!!」

思いっきり深呼吸しておおかみさんにしばかれた。おおかみさんの攻撃《こうげき》は容赦《ようしゃ》なくえぐり込《こ》むようにレバーです。

「ぐえっ……がはっごほっ」

亮士くん、おおかみさんとりんごさんの部屋の甘い空気を五臓六腑《ごぞうろっぷ》どころか細胞全体に染《し》み渡《わた》るくらい取り込みまくろうとしたんでしょうが、正直ヒーローの行動じゃないです。まあ、ボディ打たれて見事に全部吐《は》き出しちゃいましたが。それどころか胃の中身まで吐き出しちゃいそうです。

そんなだめすぎる亮士くんにおおかみさんは不良がガンつける時みたいに顔を近づけにらみつける。

「……………おい、てめぇなめたことしてっと追い出すぞ、ああん？」

「すっすいませんっス」

切れ気味のおおかみさんに、亮士くんはこれはやばいと謝《あやま》る。

で、そうこうしてたらりんごさんが帰ってきた。

「はあ、ただいまですの」

手には買い物袋で、お醤油《しょうゆ》が入ってる。どうやら昨日買い忘れてたのだろう。

「……あれまあ、どうして森野《もりの》君が居るんですの？　…………まさか、私が居ない隙《すき》にしけ込《こ》んで不純異性交遊ってたんですのっ⁉　……涼子《りょうこ》ちゃんの不潔っ‼」

「ちがうわぼけっ‼」

おおかみさんが叫《さけ》ぶ。

「ああ、涼子ちゃんは一足先に大人になってしまったんですのね」

「だから違《ちが》うっつってんだろ‼」

「…………まあ、それはわかってますけど」

わかっててておおかみさんをおちょくるりんごさん、性格悪いです。

「それで何でいるんですの？」

「ああ、それはだな……」

「話を聞かせてもらおうかなと思って来たんス」

亮士《りょうし》くんはきりりとした真面目《まじめ》な表情で言う。しかしまあへたれ口調のままだが。

「……何の話ですの？」

「赤井《あかい》さんと、白雪先輩《しらゆきせんぱい》の話っス」

その亮士くんの言葉に、りんごさんは笑顔《えがお》で黙《だま》り込《こ》む。

「…………」

「おれは赤井さんの問題に巻き込まれたんスから聞く権利はあるかなと。それに何か力になれるかもしれないっスし……」

「涼子《りょうこ》ちゃんに良いとこ見せないといけないですし？」

「そうそう……って、いやまあ、それもあるっスけどそれはそれ、コレはコレっスよ。おれは赤井さんにいろいろいじられまくってるっスけど、かなり助けてもらってもいるじゃないっスか。なにより、おれは赤井さんのことを仲間だとも友人だとも思ってるっスし、力になりたいというのはおかしな事っスか？」

時々かっこよくなる亮士くん。それに、こんな風に率直《そっちょく》に自分の思いを言える素直《すなお》なところも亮士くんの美点でしょう。

そんなかっこいい亮士くんをりんごさんはつぶらな瞳《ひとみ》で見つめる。

「じー」

「…………」

「じ――――」

「…………」

「じ〜〜〜〜〜〜〜〜〜〜〜〜〜〜〜〜〜〜〜〜〜〜〜〜〜〜〜〜〜〜〜〜〜〜〜〜〜〜〜」

「…………みっ見ないで見ないでっー!!」

りんごさんの視線を受けて亮士くんは錯乱《さくらん》する。

「ああよかった、偽者《にせもの》じゃなかったですの」

「おいおい」

おおかみさんはそんなりんごさんの行動に呆《あき》れてる。

「あまりにかっこいいこと言うので誰《だれ》かが化けてるんじゃないかと……」

「いやまあ……な」

いつものへたれな方を見慣れてると、とても同一人物だとは思えませんしね。

「それで説明ですのね。……確かに今回の件に巻き込んだ責任は私にありますから、話しましようですの。そうですのね、まずは…………私の子供の頃《ころ》の話から……」

むか〜しむかし、りんごさんがまだ本当に小さかった頃。今と同じで鮮《あざ》やかな赤毛が特徴的《とくちょうてき》なりんごさんと、同じく赤毛の小柄《こがら》な女性とが向かい合って座《すわ》っていた。二人が居るのはボロアパートの一室。必要最低限の小さな家具に電化製品、とても裕福《ゆうふく》とは言えないような部屋の中で、その女性はりんごさんに色々教えていました。

「にっこり笑顔《えがお》で、挨拶《あいさつ》は欠かさない。誰《だれ》だって挨拶してもらえるとうれしいし、かわいい笑顔を向けられたら幸せになるんだから。そして周りを幸せにする子にはみんな目をかけて親切にしてくれるものよ」

「はい、ママ」

りんごさんのお母さんらしきその女性は、りんごさんの年齢《ねんれい》から考えると歳《とし》は二十代の真ん中から後半くらいなんでしょうが、それよりもはるかに若く見えます。二十代の前半といっても誰もが納得《なっとく》するでしょう。

「かわいさは女の武器よ。かわいい方がみんなかわいがってくれるし、良い子にしてた方がみんな優《やさ》しくしてくれる。まあ、いい顔する相手を選ばないと変な男に目をつけられちゃったりするから、その辺は気をつけないといけないけど」

「はい、ママ」

「あと、男にだけいい顔するのは駄目《だめ》、女を敵に回しちゃうから。この世の半分は女よ、それを敵に回しちゃ駄目よ。猫《ねこ》をかぶるなら男女関係なく徹底的《てっていてき》に。良い子にして、男女関係なくみんなにかわいがってもらわないとね」

「はい、ママ」

ちいさなりんごさんはわかっているのかわかっていないのかわかりませんが、真面目《まじめ》に聞いてこくこく頷《うなず》いてます。

「その点りんごは大丈夫《だいじょうぶ》ね……だって」

リンゴさんのお母さんはリンゴさんのおでこに自分のおでこをこつんと当てて笑った。

「……こんなにかわいいんだもの!!」

りんごさんも笑顔を浮《う》かべる。

「はいママ!!」

「う～かわいい!! でも………うーん、見た目は私の娘《むすめ》だけあって文句ないんだけど……かわいさだけでなく知性や礼儀《れいぎ》正しさとかが伝わるような何かが……」

りんごさんのママは少し考えた後言った。

「よし! りんご、あなたは今日から丁寧語《ていねいご》で話しなさい!」

「ていねいご?」

「～です、～ますみたいな感じよ」

「わかった……わかりました!!」

「う～ん、もう一押《ひとお》し欲《ほ》しいわね……そうだ語尾に『の』をつけなさい!!」

「わかりました!!」

「わかりましたの……よ!!」

「わかりましたの!!」

「はい、そこで上目遣《うわめづか》いでかわいいぽーず!!」

言われたとおり上目遣いで両手を頬《ほお》に当てるというオーソドックスなぶりっこポーズをする小さなりんごさん。むちゃくちゃかわいいです。

そんな小さなりんごさんをぎゅっと抱《だ》きしめて、りんごさんのお母さんはくるくる回る。

「さすが私の娘《むすめ》!! かわいいわ～」

「えへへへへ」

「パパだって、りんごのかわいさにはめろめろになっちゃうわ!!」

「ほんとですの、ママ?」

「あったりまえよ、だってママとパパの子よ? ママがいい女なのは見ての通りだけど、パパだってすんごくかっこいい人だったんだから」

「へぇ～ですの」

「もう少しで会わせてあげるからね」

「はいですの、ママ!!」

小さなりんごさんはりんごさんのお母さんの胸の中で本当に幸せそうに笑った。

「……まあ、ママはこんな感じの人で、パパのことはママから話を聞いただけで会ったことはありませんでしたの。母子家庭であまり裕福《ゆうふく》ではなかったんですけど、それなりに楽しかったんですのよ」

色々思い出しているのか遠い目で昔のことを話すりんごさん。

「そんなある日……たしか小学校に上がるか上がらないかの頃《ころ》、男の人をママに紹介《しょうかい》されたんですの。この人がパパよって。ずっと話に聞いていただけのパパに会えて、うれしくてママに教わったように思いっきりかわいく甘《あま》えましたの。そうしたらパパも私のことをかわいがってくれて、その数ヵ月後にはママに大きな屋敷《やしき》へ連れて行かれたんですの。大豪邸《だいごうてい》とはいいませんけど大きな家で、アパートに住んでいた小さな私には、本当にお城のように見えましたの。そしてママは私に言ったんですの『りんご、今日からここがあなたのおうちよ』……と。

その言葉に私は何も考えず無邪気《むじゃき》に喜んでましたの。お城みたいに大きなおうち。自分の部屋ができる。庭がある。これが私のおうちになる……って」

「………」

おおかみさんは、黙《だま》って腕《うで》をくんで話を聞いてるが、りんごさんを見る目は心配そうだ。前にこの話を聞いているのでこの先の展開がわかっているからだろう。

「喜ぶ私にママが大人同士の話があるからあなたはいい子にして待ってなさいと言って、私はママの言いつけ通りいい子にして待っていたんですの。そうしたら、どこからか少し年上のお姉さんがやってきて、私と遊んでくれたんですの……」

大きな部屋に通された小さなりんごさんはソファの上で足をぶらぶらさせていた。すると、一人の訪問者が小さなりんごさんの前にやってきた。

「こんにちは～」

その小さな訪問者……りんごさんより二歳《さい》か三歳くらい年上の女の子は身をかがめてりんごさんと視線を合わせる。

「……こんにちはですの」

おそるおそる……でも、りんごさんはお母さんの教え通り笑顔《えがお》で挨拶《あいさつ》する。

「ちゃんと挨拶できるんだ～、偉《えら》いわ～」

「おねえさんはだれですの？」

「うーん、お姫様《ひめさま》？」

「おひめさまなんですの？」

「そうよ～」

「へ～すごいですの。でもりんごもこんどおひめさまになるんですの。ママがいてパパがいておおきなおうちにすむんですの！」

りんごさんはうれしそうに笑う。

「そう……パパのこと好きなの？」

「はいですの!!　このあいだはじめてあったんですけどやさしくしてくれたんですの!!　あ、もちろんママのこともだいすきなんですの!!」

おおきな身振《みぶ》り手振りで一生懸命《いっしょうけんめい》話すりんごさんにその女の子は目を細める。

「それはよかったわね〜」

「はいですの」

「それであなたのお名前はなんて言うの〜？」

「りんごですの」

「そう、りんごちゃん……いい名前ね」

「はいですの！」

「それでりんごちゃんは今なにしてるの？」

「ママが、大人の話があるって言うから、いい子にして待ってたんですの」

「そう、えらいわね〜」

「はいですの!!　でも……たいくつですの」

「そう……じゃあ、お姉ちゃんと遊ぼっか」

「ほんとですの？」

「もちろん」

「じゃあ、何して遊ぼっか？」

そう言ってその女の子はりんごさんの小さな手を取った。

「やったーですの!!」

「……歳《とし》は私と少ししか変わらなかったのに、かわいくて優《やさ》しくてとてもすてきなお姉さんで、私は幼心にこうなれたらなと思いましたの。そしてしばらく一緒《いっしょ》に遊んでたら、大人たちの話が終わったらしく、そのお姉さんが帰ることになったんですの。私はそのお姉さんと離《はな》れるのが悲しくて『また会えますの？』なんて聞いたんですの。そのお姉さんは私を見てにっこり笑って、『りんごちゃんがいい子にしてたらね』なんて言ってくれたんですの。………そのすてきなお姉さんが白雪先輩《しらゆきせんぱい》ですの」

「それが白雪先輩との出会いだったんスか。でも……」

確かに話を聞いただけでは別に問題はないように思える。子供の頃《ころ》の白雪さんが小さなりんごさんと遊んだというだけの話。

「まあ、裏を知らなければ、ただの素敵《すてき》な思い出話になるんでしょうけど……」

そこでりんごさんはそれまで浮《う》かべていた笑顔《えがお》を消して言った。

「……ママの言う大人の話というのは…………離婚《りこん》の話だったんですの。実は私と白雪先輩って半分だけ血がつながってるんですのよ？」

「ええっ!?」

亮士《りょうし》くんは驚《おどろ》く。

「こういうことですの。パパとママは不倫《ふりん》関係で私を生んで、隠《かく》し子である私のことがパパの奥《おく》さんにばれて、パパは離婚。その後ママはパパと結婚。あのとき話し合われてたのは、そのことでどろどろやってたわけですの。そして、あの白雪先輩はパパと前の奥さんとの子供で、帰ろうとしてた訳でなく、家から出て行こうと……いいえ、追い出されようとしてた訳ですの」

りんごさんはうつむく。前髪《まえがみ》で隠れて表情は見えないが、その雰囲気《ふんいき》からりんごさんの悲しい表情が目に映るようだ。

「…………お城を追い出されることになったお姫様《ひめさま》に、追い出される原因となった私が『また会えますの?』なんて聞いたんですのよ？　そして追い出されるお姫様は、追い出す原因となった私に優しく笑ったんですの。その笑顔の裏にどれほどの悲しみがあったのかも考えず、私は無邪気《むじゃき》に喜んでいたわけですの。知らないということはそれだけでも罪ですのよね」

りんごさんの口から小さなため息が漏《も》れる。それは何も知らなかった自分に対する自嘲《じちょう》だろう。

「次の日からは私がお城のお姫様……でも、それを喜べたのも真実を知るまで。大きくなって物事がわかり始めた頃、私は真実にたどり着きましたの。まあ、少しでも考える力があれば簡単にたどり着けますのよね。私は……白雪先輩から家と父親と裕福《ゆうふく》で幸せな暮らしを奪《うば》ったにもかかわらず、それを知らずにのうのうと暮らしていたんですのよ」

「……いっいや、でもそれは結果そうなっただけで赤井《あかい》さんが悪いわけじゃないっスよね？」

明かされた事実に少々動揺《どうよう》しながらもどうにかそれだけ口にした亮士《りょうし》くんに、りんごさんは言った。

「………私の名前は昔から赤井りんごじゃなかったんですのよ？」

「え？」

「ママとパパが結婚するまで私の名前は毒島《ぶすじま》りんごといいましたの」

…………………ごつい名前ですね。

亮士くんもそう思ったのでしょうが、つっこむことはしません。まあ、今の空気はつっこみいれられる雰囲気《ふんいき》じゃないですしね。

「で、今の私の名前は赤井りんご……なんだか、ぴったりすぎだと思いません？」

「それは……」

確かに、赤いりんごなんて出来過ぎな名前だ。

「でもそれは不思議じゃないんですの。なぜなら私の名前は、赤井りんごになることを前提につけられていたわけですの。…………私が生まれる前から続く壮大《そうだい》な計画だったわけですのよ。ママとパパがまず出会ってママがパパを好きになったんですのよ。まあ、見た目も性格も良くそこそこお金も持っていたのでわからなくもありませんの。でも、パパはもう結婚していた。

それでもママはあきらめられなくて、……親しくなった後に、多分『思い出をください』とか『今夜だけで良いんです』とかその辺りの台詞《せりふ》で私を仕込《しこ》んだんですのね」

「……仕込んだ」

あまりにオブラートに包まない言葉に亮士くんはちょっと引きつります。

「で、私ができたらおとなしく身を引く感じでパパの前からママは姿を消して、数年後に劇的な再会をする。久しぶりにあったあの人は女手一人で子供を育てていた。問いただしてみたらその子は自分の子であの夜にできていた。堕《お》ろそうかとも思ったけど、でも愛してるあなたの子供を堕ろすなんてできないから姿を消してたの……なんてベタな展開でパパのハートをぐらつかせたわけですの。

私はママ似なんですけど、私を大人にしたような可憐《かれん》な外見の女性がそんな健気《けなげ》なことをやってて、でもって子供に会わせてもらったらすごく礼儀《れいぎ》正しくかわいい私がかわいく甘《あま》えるわけですの。ママがハートをぐらつかせて私がとどめ。男の人ならいちころですの」

自分で自分のことをかわいいと言っているりんごさん。その通りではあるんですが、自分で言うのはどうでしょう。ですが、確かにそのりんごさん母娘のコンボはなかなか強力そうです。

「実際には気持ちはぐらついただけで全《すべ》てママに向いていた訳じゃないんですけど、白雪先輩《しらゆきせんぱい》のママはぐらついたこと自体が許せなかったらしくて離婚《りこん》を決意したんですのよ。まあ隠《かく》し子いましたと言われて今まで通りの関係で心穏《こころおだ》やかに過ごせる人はそうはいないですのよね。

で、白雪先輩《しらゆきせんぱい》のママの決心が固いことを知ったパパは離婚《りこん》に同意し、ママは私のせいでこんなことになってごめんなさいお詫《わ》びに私が人生を懸《か》けて償《つぐな》います〜とパパの心の隙間《すきま》に入り込《こ》んで見事後釜《あとがま》に座《すわ》っちゃったわけですの。…………私は一つの幸せな家庭を壊《こわ》すためにつくられたまさに毒りんごなわけですのよ……」

言葉を詰《つ》まらせたりんごさんは悲しそうにうつむき……それでも絞《しぼ》り出すように言った。

「…………でも、……それでも私はママを嫌《きら》いになれない。ママはものすごく人間らしいというか、利己的というか……自分と自分の愛したものが幸せだったなら他《ほか》はどうでも良いって感じの人なんですの。パパを心から愛してるし、パパと自分の愛の結晶《けっしょう》である私のことも心から愛してくれてる。でも他はどうでもいい。敵を作らないために人当たりはいいんですけど、内心じゃあなんとも思ってないんですのよ。そんなママを私は軽蔑《けいべつ》するしあんな風にはなりたくないとは思うんですけど、…………嫌いにはなれない」

「…………」

白雪さんの家族を計画的に崩壊《ほうかい》させた張本人を……母親を憎《にく》めない。りんごさんはそのことを申し訳なく思っている。

おおかみさんはそんなりんごさんを痛ましそうに見……でも、ただ黙《だま》ってりんごさんの独白を聞いている。

「その後、私はさすがにあのお城で暮らす気にはならないし、ママと少し距離《きょり》を置きたかったので、中学に上がるときに無理を言ってこっちにきたわけですの。この街なら治安もいいし設備も整ってるのでパパとママを説得しやすかったですし、なにより白雪先輩がこの街にいることを知っていたから……白雪先輩のお母さんはこの街で学校の先生をやってるんですのよ」

「……だからこの街に来たんっスか」

「そうですの。贅沢《ぜいたく》せず一人で生きていこう……あとは白雪先輩にどうにかして贖罪《しょくざい》できないか……なんて考えてたんですけど勇気が出せずに何もできないで、ただ日々を暮らしているだけ……なさけないですの。ここにやって来てもう三年にもなるのに、私はまだなにもやってない。色々な言い訳をして、逃《に》げて、何度か涼子《りょうこ》ちゃんが背中を押《お》してくれたんですけどそれでも。……私は白雪先輩に恨《うら》まれて、嫌われて当然なのに……それでもまだ嫌われてると思いたくないんですの。そしてそれはまだ続いている……」

「………」

「それに……ママから距離を置こうとしたのに、ここに来て一番役に立ったのはママからの教え……人当たり良く、本心を隠《かく》して、かわいこぶって、波風を立てない………気がつけばママそっくりですの皮肉なものですのね」

　そこで沈《しず》んでいたりんごさんは、心配をさせまいとするかのように無理矢理明るい口調に変え、これまた無理矢理な笑顔《えがお》を浮《う》かべて言う。

「ま、涼子ちゃんに会ってからは、嫌《いや》な私もだいぶましになったんですけど。真に信頼《しんらい》できるお友達ができたから私はちょっとだけ変われて、だから私は涼子《りょうこ》ちゃんが大好きなわけですの。……これで私のお話はおしまいですの。でも聞いてわかったでしょう？　これは、自分でどうにかしないといけないことですのよ。……だから森野《もりの》君の気持ちだけもらっておきますの」

痛々しく、無理しているのがわかりすぎるほどわかるりんごさんだが、亮士《りょうし》くんには言うべき言葉が出てこない。

「……でもっ……それは…………………………そうっスね」

確かにこれは外からいろいろやってどうにかなる問題ではないのです。でも……と亮士くんは考え込《こ》む。そんな亮士くんをちらっと見てからおおかみさんが言った。

「……りんご、子守《こもり》は三日間。一日終わったから残りは二日。この機会になにかやるなら明後日までには決めねーといけねーぞ」

「………はい、わかってますの」

りんごさんは決意と不安が入り交じった顔で頷《うなず》いた。

「うーん、どうしたもんかな」

亮士くんがりんごさんの話を聞いた次の日、おおかみさんが腕《うで》を組んでなにやら考え込んでいた。

今は亮士くんと合流して、白雪《しらゆき》さんちに子守に向かっているところだが……おおかみさんの頭がオーバーヒートしそうな勢いだ。ついでに言うなら今日も暑い。

「白雪先輩《せんぱい》が赤井《あかい》さんのことをどう思ってるのかがわかればいいんスけど」

「だな、見たところ……子守を頼《たの》んだりすることから考えりゃ、りんごのことあんまり恨《うら》んだりとかはないとは思うんだけどよ」

「でも、さすがに父親奪《うば》われたとか家を追い出されたとかは重いっスからね」

「りんごのせいじゃないんだけどな」

「……そうっスね。親や生まれは自分で選べるもんじゃないっスからね。でも、聞いてると追い出したというよりかは白雪さんのお母さんが白雪さんと出てったって感じだと思うんスけど」

「ああ、そうだろうな。ただ、りんごは自分のせいだと……自分が追い出したと思ってる」

「…………そこが問題っスよね」

「それに……何を言おうが、白雪先輩は家から出てってその白雪先輩がいた位置にりんごが入り込んだのは事実なんだからな」

「……そうっスね」

亮士くんはため息をついて黙《だま》り込んだ後、ふと疑問に思ったことを聞いた。

「涼子さん、赤井さんはどうやって白雪さんに償《つぐな》いをするつもりだったんスか？」

「ああ、それはだな。白雪先輩の母親は離婚《りこん》した翌年再婚して、それからあのガキどもが生まれたわけだ。一気に七人も家族が増えたから、白雪先輩《しらゆきせんぱい》は色々不自由があったんだろうな。両親が働きに出て、白雪先輩が昔からガキどもの面倒《めんどう》みてたらしいし」

「……涼子《りょうこ》さん白雪先輩のこと詳しいっスけど調べたことあるんスか？」

「…………まあな」

りんごさんのことなので調べたんでしょうね。御伽《おとぎ》銀行なら色々情報集まってるでしょうし。

「で、だ。りんごが白雪先輩に対して持ってる負い目はまずは父親を奪《うば》ってしまったこと、二つ目は家から追い出してしまったこと、三つ目はその後ガキどもの面倒をみるために白雪先輩の自由な時間が全くなってしまったことで、最後はその子だくさんの経済状況《じょうきょう》から白雪先輩は進学せず就職を希望していること。りんごが言うには白雪さんには養育費が払われてるらしいし離婚《りこん》したときに慰謝料《いしゃりょう》も取ってるらしいんだがそれ使う気はないらしいな……まあ、七人もいたらいくら金あっても足りそうにないしな、これから金がむちゃくちゃかかるだろうし」

「……最後の二つは赤井《あかい》さんにはあんまり関係ない気がするっスけど」

「まあそりゃそうなんだが、りんごがいなけりゃ白雪先輩がそういう苦労をすることもなかったのも確かだしな。両親が離婚してなきゃ今でもお嬢様《じょうさま》やってたはずなんだから」

「それは……そうっスね」

「で、りんごは償《つぐな》いとしてそれらの問題をどうにかできないかと考えたわけだ。自分が奪ってしまったものを返すことはできないが、起こった問題を解決する助けとなることならできる……ってな。ただ、白雪先輩とちゃんと向き合う勇気がなかったから、離《はな》れた状態でできるということで考えた結果、りんごはお金を貯《た》めることにした」


「……お金っスか」

「ああ。りんごの仕送りな、オレよりすごく多いんだ。まあ、うちは金持ちじゃなくて普通《ふつう》の家庭だしな。でも、りんごは仕送りで使うのはオレと同じ額だけって決めて、残りは貯金してる。白雪先輩への負い目で贅沢《ぜいたく》できないってこともあるんだろうが、それだけじゃなく白雪先輩のためってのが一番の目的だな。

さっき言ったように白雪先輩は頭悪くないのに進学せず働きに出る気満々らしいし、それは間違《まちが》いなく金銭的な問題で、その金銭的な問題を解決する方法としてその貯金を使ってもらおうと考えていたわけだ。さらにりんごは高校に入ったらバイトでもする気でいたんだが、もっといいものを見つけた」

「いいもの？」

「御伽銀行だよ」

「え？　…………ああなるほど、三つの願いっスか」

亮士《りょうし》くんは少し考えた後答えに行き着いた。ここで言う三つの願いとは、三年間御伽銀行で学園の皆《みな》さんのために活動したら、ボスである荒神洋燈《アラガミランプ》学園長が卒業後に三つだけ願いを叶《かな》えてくれるというご褒美《ほうび》のこと。もちろん可能なことに限られますが。

「そうだ。りんごが頭取《とうどり》のスカウトに乗って御伽《おとぎ》銀行に入った理由の一つはそれだ。あのじじいの支配しているこの街だったら特に役に立ちそうだろうが。お金じゃ解決できないことも権力でどうにかできるだろうしな」

まあ、地域限定ド○ゴン○ールみたいなものです。ここ御伽花市《おとぎばなし》ならかなりの願いが叶《かな》えられるでしょう。

「三年間勤め上げてからの話になるから白雪先輩《しらゆきせんぱい》の進学関係では役に立ちそうにはねーがな」

「なるほど」

「他《ほか》にもやりようはあったんだろうが、顔もあわせず離《はな》れてできることなんか限られてるしな。でもさすがに今回は逃《に》げるのは無理だろ。お金渡《わた》すんなら直接渡すしかない。お金送りつけてあしながおじさんするわけにもいかないだろうしな。今時郵便ポストとかにお金つっこんであったら普通怖《こわ》くて使えねーぞ」

「……まあ」

同意する亮士《りょうし》くん。確かに、そんなお金は怪《あや》しすぎて使えないでしょう。

「ただ……あの白雪先輩はどんな渡し方しようが受け取らない気がするがな」

「……そうっスね」

いい人で有名な白雪さんですからね。白雪さんがミス御伽学園なのは、その容姿が美しいからだけでなく、その性格の良さも評価されている訳なんですよ。誰《だれ》にでも親切で、兄弟思いで、家庭的でなおかつすごい美人。そりゃ人気も出ます。

「そういえば赤井《あかい》さんが御伽銀行に所属した理由はわかったっスけど……涼子《りょうこ》さんは何で御伽銀行に？」

「…………強さがほしかったから」

「え？」

「いや、なんでもねーよ」

ぼそりと小さくつぶやいた後、頭を振《ふ》るおおかみさん。

「とりあえず今日の夕方、白雪先輩に関する情報を仕入れにいくか」

「当てがあるんスか？」

「ああ、一つな。…………力を借りたくはねーが背に腹は代えられねー」

どんな当てなのかはわかりませんが、おおかみさんの苦い顔からすれば相当苦渋《くじゅう》の選択《せんたく》なんでしょう。

「じゃあ、今日も子守《こもり》に行くとすっか」

「了解《りょうかい》っス」

今日も元気におおかみさんは白雪さんちに突入《とつにゅう》する。

「おーす、ガキどもおとなしくしてっかー」

「うげっ、また来た」

「あーん？　何か言ったか？」

「いいえ、また会えてうれしいです、涼子《りょうこ》お姉ちゃん」

「なーみんな」

「「「「ねー」」」」

相変わらずくそ生意気なガキたちです。

「ったく、最初からそうしてりゃあいいんだよ。………そういやおまえら、白雪先輩《しらゆきせんぱい》のまえだとスゲーおとなしいな」

そんなガキどもの裏表ありすぎる態度に、昨日のことを思い出したおおかみさんは聞いた。

「当たり前じゃん。姫《ひめ》お姉ちゃんはただでさえオレらの面倒《めんどう》見るために忙《いそが》しいのに、それ以上忙しくしたら姫お姉ちゃん倒《たお》れちゃうよ」

「うん、心配」

「だから、姫お姉ちゃんには面倒はかけないってみんなで話し合って決めたの」

七人のガキどもは白雪さんのこととなると急にしおらしくなる。どうやら白雪さんのことが相当大好きみたいだ。

「………へぇ」

おおかみさんはそんな姉思いのガキどもに感心する。

でもまあ、そんな感心は一瞬《いっしゅん》のこと。だって、しおらしくなるのは、白雪さんに関すること
だけで、ここにいるおおかみさんと亮士《りょうし》くんには関係ないことですから。

というわけで……

「ちょっ、重いっス」

馬にさせられた亮士くんにみんなが乗っかってる。昨日は豚《ぶた》だったが今日は馬みたいだ。少
しだけランクアップ……したんでしょうか？　ですが、どう見ても定員オーバーです。

「はいよーはいよー」

「きゃっきゃっ」

「馬なら走れよおい」

「つかえねーなー」

「この駄馬《だば》がっ」

幼女に足蹴《あしげ》にされてる亮士くん。子供は見抜《みぬ》いてしまうんですね、なんというか……その人
の持つだめさを。子供は実に残酷《ざんこく》です。

だが、おおかみさんは助ける気が全くないようだ。

「昼飯つくっから、ほどほどにしとけよー」

「「「「「はーい」」」」」

さっきの言葉を少し訂正《ていせい》、白雪さんの前だけでなく、おおかみさんの前でもしおらしいです。

今日も亮士くんの苦難は続きそうです。

そして亮士《りょうし》くん、ナイスな馬っぷりです。

「ひっひひーん」


お昼、みんなでおおかみさんの用意したそうめんをすすっていたら、ガキの一人が言った。

「プール行きたいプールー!!」

するとそれにつられたのかほかのガキどももそれに加わり、プール行きたいの大合唱が始まる。

「だーめーだ。あぶないだろーが」

「そんなことないよ!!　俺《おれ》たち泳げるし!!」

「そうそう!!」

自信満々なガキどもにおおかみさんは少し真面目《まじめ》な顔で言う。

「……プールに行くなら、オレら二人じゃおまえらの面倒《めんどう》みきれねーよ。だからだめだ」

さすがに人様の子供を預かってるだけあって慎重《しんちょう》にもなる。七人もいるし。

「そうっスよ、君らに何かあったら白雪先輩《しらゆきせんぱい》悲しむっスよ」

その亮士くんの言葉にうっとなるガキども。このガキどもの弱点は白雪さんなので、その名前を出すとおとなしくなる。

「うーでも……」

ただ、それでもガキどもはまだあきらめきれない。まあ、夏だし暑いし。

「……二人じゃなかったらいいの？」

「あ、そうだ、明日姫《ひめ》お姉ちゃん、早くにバイト終わるって言ってた!!」

「姫お姉ちゃんはこの夏休みにぜんぜん遊びに行けてないはずだから、遊びにつれてってあげたいし!!」

「でもどこのプール行くの？」

「学校のプールは飽《あ》きたしね。姫お姉ちゃんいけないし」

「でも他《ほか》の所に行くならお金が……」

「うーん」

ガキどもは考え込《こ》む。そんなガキどもを見ていた亮士くんはピンと何かを思いついたのか、おおかみさんに耳打ちをする。

「…………涼子《りょうこ》さん、涼子さん」

「なんだ？」

「考えてみたらこれってチャンスなんじゃないスかね」

「なんのだ？」

「赤井《あかい》さんと白雪先輩を会わせるチャンスっス。家には来づらいかもしれないっスけど、外でなら……」

「………なるほど」

「今だって家の外までは来てるっスから」

「……あ？　りんご来てるのか？」

「たぶん。なんかそんな気配というか感触《かんしょく》がするっス」

気配に敏感《びんかん》な亮士《りょうし》くんの猟師《りょうし》レーダーに引っかかってるらしい。

「だからもうすこし会いやすい場所なら……」

「……そうだな」

「あと、ちゃんと監視員のいる浅い場所で遊ばせれば危険もあんまり。この街にそういう環境《かんきょう》の整ったプールってあるっスかね？」

「…………あるな。あと、券も手に入るはずだ」

「なら……」

いけるか？　おおかみさん少し考えてから言った。

「……よし、それで行こう」

「はいっス!!」

亮士くんはうれしそうだ。これはもちろんりんごさんの役に立てると喜んでいるわけであって、おおかみさんの水着が見れるぜ、いえーとかいうわけではもちろんないんですよ。……ないんですよ？

まあそれはともかく、おおかみさんと亮士くんは細かなことを打ち合わせた後、ガキどもに向き直る。

「ごほん、静粛《せいしゅく》に、静粛に」

おおかみさんはガキどもにそう言いますが、ガキどもは未《いま》だがやがやと……

「静粛にっつってんだろが!!」

おおかみさん、沸点《ふってん》低すぎです。だが七人のガキどもはおとなしくなる。さわらぬおおかみさんに祟《たた》りなしです。

「あー、わかった。連れて行ってやる」

「ほんと!?」

「でもどこのプール？」

「御伽花市《おとぎばなし》の真ん中にでっかいやつあるだろうが」

「えっ、あの御伽マーメイドプールに連れてってくれんの!!」

「やったー!!」

「ただ、オレらの言うことは絶対に聞くこと」

おおかみさんは念押《ねんお》しをする。

「えー」

「えーじゃねぇ。亮士が言ったように、おまえらに何かあったら白雪先輩《しらゆきせんぱい》が悲しむだろうが」

「……はーい」

「でもお金は？　高いんじゃないの？」

「ああ、それは大丈夫《だいじょうぶ》だ。ただ券もらえる当てがあるからな」

「ほんと？　嘘《うそ》じゃない？」

「ああ。……まあ白雪先輩《しらゆきせんぱい》が駄目《だめ》って言ったら駄目だが」

それを聞いたガキどもは、

「「「「「やったー!!」」」」」

と大騒《おおさわ》ぎ。こういうところはまだまだ子供のようだ。

「…………あ、そういえば」

そこでガキの一人が何か思いついて言った。

「りんごおねえちゃんは来るのかな？」

おおかみさんと亮士《りょうし》くんはその言葉に思わず顔を見合わせる。

「おまえら……りんごのこと知ってんのか？」

おそるおそるといった感じのおおかみさんの問いに何でもないように頷《うなず》くガキども。

「うん知ってる」

「今回涼子《りょうこ》お姉ちゃんが来た時だって、りんごお姉ちゃんとそのお友達が来るって聞いてたのにりんごお姉ちゃんいなかったから怪《あや》しいって……」

あの非常に警戒心にあふれたというかおおかみさんをなめまくっていた態度には、そんな裏があったのだ。

「その前にも何度か姫《ひめ》お姉ちゃんが話してくれたしね、りんごお姉ちゃんのこと」

「でも、その話するとき少し寂《さび》しそうなんだよね」

「そうそう」

「だから仲良くなって欲《ほ》しいなーと思うんだけど」

「姫お姉ちゃんのあんな顔見たくないし」

「うん、姫お姉ちゃんにはいつも笑っていて欲しい」

「………………そうか」

そんな子供たちの会話におおかみさんは一人考え込《こ》んだ。

夕方にバイトが終わった白雪さんが帰ってきた。

「た～だ～い～ま～」

「姫お姉ちゃんが帰ってきた!!」

ガキどもがだだだだっと迎《むか》えに行く。おおかみさんたちもそれに続きます。

「お疲《つか》れ様です」

「お疲れっス」

「ありがとう～。…………それで、りんごちゃんは？」

「……今日も」

「そう……」

白雪《しらゆき》さんはそれを聞いて悲しそうな顔をする。そんな白雪さんにおおかみさんは聞いた。

「……一つ聞いて良いですか？」

「な～に？」

「どうしてバイトを？　…………養育費はちゃんと払《はら》ってもらってるんですよね？　あと慰謝《いしゃ》料《りょう》ももらったと」

そう、おおかみさんがりんごさんから聞いたところによると、白雪さんにはりんごさんのお父さんから養育費が払われていて離婚《りこん》の時に慰謝料などももらったはずなのだ。

「はい～。ただ、うちは子供が多いから～何かあったときのためにお金はあった方が良いと思うの～。もしも将来～あの子たちがやりたいことが出来たときに～お金がないなんて理由で駄《だ》目《め》になっちゃったらかわいそうじゃない～？　だからがんばってお金を貯《た》めないと～、これから色々お金かかるし～」

白雪さんはぽやぽやしているようで、実は現実的に物事を考えているらしい。

「そう……ですか。それで話は変わりますけど、明日プールにでも連れて行こうと思っているんですが、白雪先輩《せんぱい》もどうですか？　というか、子供が多いので人手がほしいんです。バイトは午前だけで、午後から時間があると聞いたんですが」

「え、……確かに時間はあるけど～。いいんですか～？　それにうちは……」

「ああ、お金の問題は大丈夫《だいじょうぶ》です。ただ券もらえるので」

「そうなの～？」

「はい。あいつらも行きたがってますし」

おおかみさんがちらりと後ろを見ると、居間の入り口から顔だけ出してるガキどもの姿があった。

おおかみさんたちの時みたいにわがままは言いませんが、期待で目がきらきらしている。そんな様子に少し考えてから白雪さんは答えた。

「そう……それじゃあおねがいしようかしら～」

「「「「「やったー、プールだ!!」」」」」

騒《さわ》ぐガキども、相当うれしそうだ。

「では明日、ただ券を家においておきますので、終わり次第来てください。白雪先輩が来るまでは浅いところで遊ばせときますので」

「はい。わかりました～。何から何までありがとうございます～」

「いいえ。それでは」

「ではっス」

おおかみさんと亮士《りょうし》くんは頭を下げたあと帰宅の途《と》についた。

「さて、白雪先輩《しらゆきせんぱい》がりんごのことどう思っているか聞きに行くか」

白雪邸《てい》を後にしたおおかみさんは歩きながら口を開いた。

「あの子供たちの言葉からすると、憎《にく》からず思っているみたいっスけどね」

「それはそうだけどな、……一応他《ほか》の場所からも情報が欲《ほ》しい」

すごく慎重《しんちょう》なおおかみさん。やはり、りんごさん絡《がら》みだからだろう。

「了解《りょうかい》っス。……それで当てってのはなんなんスか？　うちで調べるんじゃないスよね？」

「御伽銀行《うちぎんこう》がもってる情報ならりんごも知ってるだろ」

「あーそりゃそうっスね。……ということは他の誰《だれ》かに聞くってことっスね。誰に頼《たの》むんスか？」

「加賀見《かがみ》先輩にお願いする」

「鏡先輩……それって誰っスか？」

「あー多分おまえ漢字間違《まちが》ってる。まあ、それはともかくだ。ずいぶん前に紹介《しょうかい》されてオレもあんまり知ってるわけじゃないんだがよ、いろいろ知ってる人なんだよ。うちとギブアンドテイクで情報をやりとりしているらしい。まあ、最初にアリス先輩に教えてもらって会いに行ったきりなんだが」

そんなことを話しつつ御伽《おとぎ》学園に到着《とうちゃく》したおおかみさんと亮士くんは、文化系クラブの部室が入っている建物、文化棟《とう》に足を踏《ふ》み入れる。

そして階段を上り占《うらな》いの館《やかた》と看板の出た部屋の前で止まった。おおかみさんはその部屋の扉《とびら》をノックしようとして、しばし逡巡《しゅんじゅん》したあと亮士くんに言った。

「…………………あー、今から変なこと言うが笑うなよ、てめー」

「……了解っス」

「……んっ……ごほん」

おおかみさんはごほんとのどの調子を整えたあと、ノックをしてから部屋の中に声をかけた。

「かがみよかがみよかがみさん？」

「はーい」

「…………………」

開けゴマ並みにベタな台詞《せりふ》に亮士くんは黙《だま》る。

「……これ言わないと部屋に入れてくれねーんだよ」

おおかみさんは少し赤くなってます。

「…………」

「おじゃまするっス」

おおかみさんは恥《は》ずかしいからか無言で部屋に入る。それに続いて入った亮士くんが見たものは、実に怪《あや》しい空間だった。薄暗《うすぐら》く、燭台《しょくだい》やら鏡やらが置かれていて、神秘的というかなんというか。

そんな教室の中心にある机に座《すわ》っていたのは、一人の女子生徒だった。机の前に鏡らしきものを置いている。顔の下半分をベールで隠《かく》し、ゆったりとした布を身に纏《まと》うという占《うらな》い師の格好をしていた。ちょっと広いおでこがチャームポイントですね。

「…………ああ、あなたは確かアリスさんの後輩《こうはい》だったかしら」

「そうです」

「それで今日は何のようかしら？」

「聞きたいことがあって……」

と、おおかみさんが話を切り出そうとしたところで、亮士《りょうし》くんが口を挟《はさ》んだ。

「占い……なんスか？」

なんというか、占いでどうこうってのは涼子《りょうこ》さんの思考回路的にあり得なさそう……いや、実は乙女《おとめ》な涼子さんならあり得るか……なんて考えてるみたいです。

「いーや、占いじゃねー。そもそもここ、インチキ占いだしな」

「インチキとはひどいですね」

「でもそうだろ？」

「…………」

この無言は肯定《こうてい》でしょうか。

「ここはな、よく当たる占い師がいるって有名だから、悩《なや》みを抱《かか》えた人間が相談しにくる。で、この人は占ったふりして助言を与《あた》えるわけだ。それでも、よく当たると噂《うわさ》になるくらい的確な助言ができるのは、知ってる情報から助言をしているからなわけだ。ここはある意味たくさんの情報が集まる場所だからな。相談するってことは秘密を話すってことなんだから」

「はぁ、なるほど」

「恋の占いなら、相談者が好きな相手の趣味《しゅみ》を知ってりゃそれとなく助言できるし、相手に好きなやつがいるなら、あきらめた方がいいとか助言できるだろ。……で、ここどうちの関係だが、ギブアンドテイクで情報を流しあってるわけだ。ここに集まった情報をうちが受け取り、うちもここが必要とする情報を渡《わた》す。まあ、すべての情報をやりとりしている訳じゃなくて、それぞれ隠《かく》している情報もあるみたいだけどな。まあ、そのあたりは狐《きつね》と狸《たぬき》が化かしあってる感じなんだろ。……ほれ、これが証拠《しょうこ》だ」

おおかみさんが、加賀美《かがみ》さんの目の前にある鏡を裏返して亮士くんに見せると、それは鏡に模したパソコンの液晶《えきしょう》モニターだった。

「営業妨害《ぼうがい》ですよ？」

「こいつは、うちのメンバーなんだから妨害も何もねーだろ」

「まあいいです。…………それで、占ってほしいことどは？」

ネタばらしされても、まだ占《うらな》いだと言い張る加賀美《かがみ》さん。

「白雪先輩《しらゆきせんぱい》のことなんだが」

加賀美さんはその言葉にぴくっとなる。

「……それは御伽《おとぎ》学園学生相互扶助《そうごふじょ》協会からの依頼《いらい》なのですか？」

「……………オレ個人の依頼だ」

「…………わかりました。ではあなたからいただきましょう」

「……ああ」

渋《しぶ》い顔で頷《うなず》くおおかみさんに亮士《りょうし》くんが聞く。

「何をいただかれるんスか？」

「……この人な、極度の噂《うわさ》好きなんだよ。中でも、他人の恋話が三度の飯より好きらしい」

「こっ恋話っスか」

「……というわけで、おまえは出てけ。今からオレは加賀美先輩に色々尋問《じんもん》される」

なるほど、これがおおかみさんがここに来たくなかった理由なんですね。

「…………………………うう」

亮士くんは占いの部屋を追い出され、廊下《ろうか》に立っている。しかし扉《とびら》一枚隔《へだ》てた向こうでおおかみさんが恋話をしてるとなっては落ち着かない。

産婦人科の分娩室《ぶんべんしつ》の前をうろうろする旦那《だんな》さんのごとく、亮士くんは挙動不審《きょどうふしん》になる。

どのくらい経《た》った頃《ころ》だろうか、中から声が聞こえてきた。

「入っていいですよ」

その声に従い亮士くんが中に入ると、精も根も尽《つ》き果てた感じのおおかみさんの姿が目に入った。

「…………あの」

「聞くな」

どうだったか聞こうとして、亮士くんは一言でばっさり切られる。ただ、薄暗《うすぐら》い部屋でもおおかみさんの赤い顔はわかります。なんだか色々吐《は》かされたのでしょうかね？

「くすっ、とても有意義な時間を過ごさせてもらいました」

「くっ」

おおかみさんは悔《くや》しさを顔に浮《う》かべる。……いったい何をどこまで話す羽目になったんでしょうね。

「えーとそれで聞きたいこととは、赤井《あかい》さんのことを白雪さんがどう思っているかでしたね」

「ああ、」

「私が知っている限りでは、恨《うら》みや憎《にく》しみを抱《いだ》いてるとは聞いていません。それどころか、赤井さんを妹と呼び、関係がうまくいってないと嘆《なげ》いてさえいるようです。さらに言うなら、赤井さんが自分のことで悩《なや》んでいることに心を痛めてさえいるようです」

「……ほんとか？」

「はい」

おおかみさんはその答えに思わず天井《てんじょう》を見上げてしまう。

「…………あの人どれだけいい人なんだよ」

確かに普通《ふつう》なら恨《うら》みに思ったり嫌《きら》ったりしても良さそうです。たとえそれがりんごさんに責任がないとしても。

そんなおおかみさんをみて加賀美《かがみ》さんは口を開く。

「本当にあの娘はいい娘です。たぶんこの学校で有数のきれいな娘ですよ。見た目も心も」

「……なら、赤井《あかい》さんと白雪《しらゆき》さんの仲を余計に取り持たないといけないっスね。せっかくお互《たが》いのことを思っているのにすれ違《ちが》ってるんスから」

「そうだな」

「私からもお願いしますね。白雪さんには笑っていてほしいですから」

決意を新たにするおおかみさんたちに、加賀美さんはほほえみを向ける。

「なんだ、加賀美先輩《せんぱい》、白雪先輩のこと知ってるのか？」

「親友ですよ」

へーなんて感心するおおかみさんですが、はっとあることに気がついた。

「…………それじゃあ、何でオレから色々聞いたんだ？」

「依頼《いらい》だってそっちが言ったんですよ？」

「なら……依頼とか関係なくただのお願いとして聞いてたら？」

「教えてさしあげてたでしょうね」

その加賀美さんの答えに、

「…………………………………………うっうがががが────!!」

おおかみさんは切れた。


「「「「「うおおおおーすごいー」」」」」

「あんま走んな、こけるぞー」

興奮《こうふん》する子供たちにおおかみさんが声をかける。ガキどもは聞いてないみたいだが。

というわけで、おおかみさんと亮士《りょうし》くんプラスガキどもは御伽花市《おとぎばなし》の中心から少し離《はな》れた場所にある御伽マーメイドプールに来ている。ここは数年前にできた全天候型の屋内プールで、ばかでかいドームの中には普通のプールだけでなく、波のプールに流れるプール、ウォータースライダーと充実《じゅうじつ》した設備を誇《ほこ》っている。

おおかみさんがここのただ券をどうやって手に入れたかというと……ここもやっぱりおおかみさんたちのボスの荒神洋燈《アラガミランプ》が一枚噛《か》んでいるんですよね。噂《うわさ》ではどこかに観覧席があるとか。

学生が多いこの街ですからそれはそれは良い眺《なが》めでしょうね。本当にあるとしたらですが……

おおかみさんはあの爺《じじい》ならやりかねんとか思ってます。

「じゃあ、そっちは頼《たの》んだぞ」

「了解《りょうかい》っス」

女の子三人を連れて女子更衣室《こういしつ》に向かうおおかみさんを見届けた後、亮士《りょうし》くんと男の子四人も更衣室に入る。

「おれらも行くっスよー」

「「「「おー」」」」

「……………こういうときは返事が良いっスねぇ」

亮士くんが呆《あき》れる。確かにこのガキどもはかなり良い性格してますね。将来が危《あや》ぶまれます。

で、ガキを引き連れて中に入った亮士くんは、とりあえず周囲を見回し、人気のない場所を探す。理由はもちろん人様に迷惑をかけないため。

しばらくうろついた亮士くんは、更衣室の角の方でようやくいい感じの場所を発見する。そのロッカーを選び亮士くんはガキどもを着替《きが》えさせはじめる。

「じゃ、着替えるっスよー」

「お金はー？　亮士がおごってくれんのか？」

「あんまりたくさんは無理っスけどね」

「えー」

「学生にあんまりたかるもんじゃないっスよ」

苦笑しつつ亮士くんも着替え始める。

そんな風に亮士くんが着替えていたら、もう着替え終わって暇《ひま》になったらしいガキの一人が、親指を人差し指と中指の間に入れるというテレビじゃ間違《まちが》いなくモザイクがかかるあのサインを亮士くんに見せながら言った。

「そういえば亮士……おまえ涼子《りょうこ》ねーちゃんとヤッたのか？」

「ぶはっ」

亮士くんは思わず吹《ふ》き出す。

なんというませガキでしょう。そしてそのリアクションでガキどもは亮士くんがどうなのか把握《はあく》する。

「なんだ、やっぱ童貞《どうてい》なのか」

「だと思ったぜ」

「そんな面《つら》してるもんなー」

「そうそう、オレはチェリーですってオーラまとってるし」

そんなずけずけ言ってくるませガキどもに、亮士くんはおまえらもだろうがという反論が口から出かかったがどうにか抑《おさ》える。何というか小学生にその反論は男として駄目《だめ》ですしね。

「まっまあ、おれは涼子《りようこ》さん一筋っスから」

というわけで余裕《よゆう》を見せてみるが、声が震《ふる》えたりしてる。

「あー、なるほど。そこまでいけてねーのか」

「涼子お姉ちゃん攻略《こうりやく》難しそうだもんなー」

「なんかすごく堅《かた》そうだしねー」

「だね。でも……ああ見えて実はいい女だよね～」

「うん、姫《ひめ》お姉ちゃんにはさすがに負けるけどいい女」

「すぐに手は出るけど、優《やさ》しいし」

「そうそう、時々ものすげー優しい目をするんだよ。……普段《ふだん》はものすごくおっかない目つきだけど」

「でもまぁ……」

このガキどもは人を見る目はあるようですね。いや子供だからこそその本質に気づいているんでしょうか。

「「「おっぱいはないけどね!!」」」

非常にマセまくってますけど。

「……たははは」

亮士《りようし》くんはそんなガキどもを見て苦笑した。

亮士くんは更衣室《こういしつ》の外でおおかみさんたちが出てくるのを待つ。まあ、男の準備は早いのでささっと着替《きが》え終わってしまったのだ。そして今にも遊びに飛んでいきそうなガキを押《お》さえつつしばらく待っていると、白雪《しらゆき》さんちの女の子三人を連れたおおかみさんが出てきた。

「……おお」

おおかみさんの水着姿に見とれる亮士くんに、おおかみさんは少し赤くなっている。

「……なんだよ」

おおかみさんが着ているのは黒の競泳水着に近いワンピースで、髪《かみ》は邪魔《じゃま》にならないよう後ろで縛《しば》ってます。おおかみさんはスレンダーで背の高いモデル体型なので、とてもよく似合っています。あと、泳ぐの速そうです……激しく流線型ですし。

「いや……その……」

そんな素敵《すてき》なおおかみさんにドキドキの亮士くんは……なんてラブコメ的シチュエーションが繰《く》り広げられているその横で、ガキたちがなぜか屈《かが》んで輪になって情報交換《こうかん》していた。

「で、どうだった？」

「それがね！　すごく綺麗《きれい》だった!!」

「ウエストすっごい細いし、見ての通り脚《あし》なんかスラーっと長いし」

「涼子お姉ちゃん背が高いから、余計にそう見えるんだろうねー」

「しかもさ、涼子《りょうこ》お姉ちゃんって水着に着替《きが》えてから鏡の前で自分の姿を何度もチェックしてんのよ」

「うわーかわいいなおい」

「そうそう、かわいいのよ。アレはやっぱり亮士《りょうし》にーちゃんに見られるからだよね」

「好きな男にはやっぱりよく見られたいからって感じ？」

「なんだよ、亮士にーちゃん実は脈ありなんじゃん？」

………やっぱりマセてますね。しかも地味におおかみさんの萌《も》えエピソードが暴露《ばくろ》されてますよ。

ガキサミットはまだまだ続く。

「ただボリュームがねー」

「そうそう。やっぱりさわり心地だったら姫《ひめ》お姉ちゃんのほうがいい、やわらかいしおっぱい大きいし」

「触《さわ》ったのかよ」

「触ったの」

「きゃんっとか、かわいい声で鳴かせちゃったわよ」

「おーやるなぁ」

「でも、感度はともかく大きさが私たちとあんまり変わらないんじゃね～」

「ああ、そりゃあ……」

ごんごんごんごんごんごん
しかし途中《とちゅう》でおおかみさんのげんこつが炸裂《さくれつ》する。

「「「いったーい!!」」」

「「「いてえっ!!」」」

「おーい、何話してるんだおまえら、ん？」

にっこり笑いながらマジで切れてるおおかみさんに、ガキどもはこれはまずいと思ったのか素直《すなお》に謝《あやま》る。

「「「「「ごっごめんなさい」」」」」

群れの序列は未《いま》だ健在です。

「よし、じゃあ泳ぐ前に準備運動するぞ。しっかりやらねーと、脚《あし》つるからな。つったらマジ死ぬぞ。夜のニュースに出たいなら別だがよ」

「「「「「は～い」」」」」

「じゃ、いっちにーさんしー」

おおかみさんはガキどもを並べて準備運動を始める。とてもほほえましい光景です。光景なんです。光景なんですが……

「ぐっ……」

……この光景は亮士《りょうし》くんにとっては刺激的すぎます。

だって亮士くんの目の前でおおかみさんが水着で屈伸《くっしん》とかしてるんですよ?

「ごーろくしちはち……」

亮士くんは犬たちと野山を駆《か》けめぐり、大自然の中で動物や植物と触《ふ》れ合うような幼少時代を過ごしたためか、豊満で女性的な美しさより、引き締《し》まって野性的なというか機能的なというかそんな感じの美しさが好みなのです。

そしておおかみさんは鍛《きた》えているために全身がしなやかな筋肉に包まれ、野性的な美しさを感じさせます。そのすらりと伸《の》びた足を屈伸するたびに亮士くんの目の前で小さなおしりが上下に動き、前屈するたびに引き締まったウエストとほんの微《かす》か~~で、ささや~~かな胸のふくらみがおおかみさんの足の間から目に入ります。

「う……」

おおかみさんは確かに細くて薄《うす》くておっぱいないですが、亮士くん的には激ストライクなのです。もちろん好きな子が輝《かがや》いて見えるあばたもえくぼアイやらも発動してますが、それはそれこれはこれ。

というわけで、

「………………うおおおおお!!」

亮士くんは叫《さけ》び声を上げながらプールに飛び込《こ》んだ。

そんな悪い見本過ぎる亮士《りょうし》くんの行動を見て、おおかみさんは怒鳴《どな》る。

「飛び込《こ》むなボケっ!!」

「いやこれは不可抗力《ふかこうりょく》というかなんというか……」

不自然に前傾姿勢《ぜんけいしせい》の亮士くんが、プールから顔だけを出して情けない顔で言い訳をする。

どうやら、水着で準備体操をするおおかみさんに亮士くんの何かが反応したようです。

……………………これが若さか。


体操が終わって亮士くんがぶん殴《なぐ》られた後、おおかみさんが切り出した。

「さて、白雪先輩《しらゆきせんぱい》が来るまでどうするよ」

「監視員《かんしいん》がいるっていっても、あんまり深いところは行きたくないっスね」

さすがに七人もいると目が届きそうにない。このガキどもはただでさえ危なっかしいし。しかしそんなことを話し合っていた二人にガキどもが自信満々で言う。

「オレたち泳げるから深いところでも大丈夫《だいじょうぶ》だよ!!」

「そうそう!!」

そんな実に浅はかなガキどもにおおかみさんが呆《あき》れ顔で言う。

「あほ、おまえみたいなのが一番危ないんだよ。おまえら、おぼれるのはどんなヤツかわかるか?」

「およげないやつ」

「ちがう、おまえみたいに中途半端《ちゅうとはんぱ》に自信を持っているヤツだ。そもそも泳げないヤツはおぼれるほど深いところに行かないだろーが。おまえみたいな奴《やつ》が調子に乗って深いところに行っておぼれんだよ。わかったか」

「……はーい」

ガキどもはしぶしぶながら従う。

「じゃあ、まずはウォータースライダーにでも行くっスか、あれならおぼれることもないと思うっスし」

「「「「さんせー」」」」

亮士くんの言葉に子供たちが手を挙げ、おおかみさんも頷《うなず》く。

「それならいいか。よし、じゃあいくぞー」

というわけでおおかみさんは保母さんのごとく、子供たちを連れて歩き出した。

きゃっきゃやっきゃや言いながらガキどもがウォータースライダーを何度も滑《すべ》り降りたあと、おおかみさんと亮士くんは浅いプールでガキどもを遊ばせていた。すると、ガキの一人が指を指していった。

「あっ、姫《ひめ》姉ちゃんが来た!!」

「どこだ？　…………いた」

おおかみさんが指された方向を見てみると白雪《しらゆき》さんがいた。

美人でスタイルの良い白雪さんですから実に目立つ。水着を着てるので、その魅力《みりょく》は普段《ふだん》より倍増してる。飾《かざ》り気のない普通《ふつう》の水着なのに、白雪さんが着るとものすごくセンスよく見えるのだ。

しかしまあそんなに目立つ白雪さんを周りの男どもが放っておく訳もなく、白雪さんはぞろぞろと観衆というかナンパ目的らしい男どもを引き連れながら歩いてる。

そして、ついに周囲の男たちの目に見えぬ駆《か》け引きのあと、一人のナンパ男が行動に出た。

「ねえねえねえ、君かわいいねぇ。どう、一緒《いっしょ》に……」

ナンパ男、なかなかのイケメンですが、ちゃちゃらした遊び人の雰囲気《ふんいき》を発散してます。

「えっと、その～すいません～人を待たせてるので～」

白雪さんはどうにか断ろうとしますが、

「そんなこと言わないでさぁ」

強引《ごういん》なナンパ男は引き下がらない。

その姿におおかみさんが助けに行くか……なんて考えてたらなにやらガキどもが円陣《えんじん》組んで話し合ってます。

「…………おい、やるぞ」

「うん」

そして七人のガキのうち女の子三人が、ぽてぽてと走っていき、白雪さんに抱《だ》きついて言う。

「「「ママー」」」

「なっママっ⁉」

驚愕《きょうがく》するナンパ男。こんな若い美人さんが三人の子持ちだったら普通はこうなるでしょう。

そして驚《おどろ》きで固まっているナンパ男に、残りの四人が背後から近づいていき、

「「「「そりゃっ」」」」

海パンを足首までずらした。ナンパ男のぞうさんが太陽の下にさらされて揺《ゆ》れています。

その光景に一瞬《いっしゅん》空気がとまり……周囲から女性たちの悲鳴が上がった。

「っきゃあ――――!!」

ギャラリーの女性たちは、手で目をかくしながらも手の隙間《すきま》からしっかり見ている。その様子にナンパ男は大慌《おおあわ》てで海パンを上げようとする。

「わっわわっ」

が、まだそこで終わらない。

「「「「それっ」」」」

後ろからガキどもが押《お》したのだ。足首の海パンが邪魔《じゃま》をして普通に歩けないナンパ男はよろよろと前に何歩か進み……その先におおかみさんがいた。

急に玉《ボール》が来たのでパニックになったおおかみさんは、

「てってめぇ、なんてモノを見せやがるっ!!」

反射的に玉《ボール》をナイスシュート。

「ピャッ!!」

大事なところに衝撃《しょうげき》を受けたナンパ男はなにやら甲高《かんだか》い悲鳴を上げた後、ゆっくりと前のめりに倒《たお》れた。白目を剥《む》いてぶくぶくと泡《あわ》を吐《は》いているナンパ男。どうやら気絶しているようですが、海パンが下がったままなので尻《しり》丸出しです。

そして素足《すあし》で直《じか》に玉《ボール》をナイスシュートしてしまったおおかみさんは、

「いっいっいやぁ〜〜〜っ!!」

と、思わず素の悲鳴を上げて走り去った。

一部始終を見ていた亮士《りょうし》くんは、その余りにも哀《あわ》れすぎる光景に引きつった顔で思わず声を漏《も》らした。

「……………うわぁ」

確かにしゃれになってません。いくら強引《ごういん》だったとはいえ、ナンパの報《むく》いにこれはひどすぎる気がします。

しかし、七人のガキどもはそんなことを全く気にしてない。

「よし、邪魔者《じゃまもの》は退治したたし、いこっ姫《ひめ》お姉ちゃん」

「そうそう」

「えっでも～」

ガキどもは白雪《しらゆき》さんをせかしますが、確かににあの状態のナンパ男を放置していくのはあわれすぎます。ギャラリーできてますし。

「いいからいいから、レッツゴー!!」

「私は流れるプールに行きたいな」

「ちょっちょっと～みんな～」

お尻丸出しのナンパ男をその場に残したまま白雪さんはガキどもに連れ去られていった。

その様子を見て我に返った亮士くんは、おれ等《ら》も行かないと……と、おおかみさんが走り去った方に向かい、

「うう～」

なにやら情けない声を上げながら、水道で足をジャバジャバ洗っているおおかみさんを発見した。

「……あ、涼《りょう》子《こ》さんいた。涼子さ～ん、白雪先輩《せんぱい》たち向こうに行っちゃったんで、オレ等も行かないと……」

亮士くんが後ろからおおかみさんに話しかけると、

「りょっ亮士か!!」

おおかみさんは涙目《なみだめ》で振《ふ》り返った。

「グッグニュってしたんだ!! グニュって!!」

……どうやらパニックが継続《けいぞく》しているようです。

その痛そうな擬音《ぎおん》に男の子である亮士《りょうし》くんはマジ腰《こし》が引けそうになるが、今優先させるべきはおおかみさんだとその衝動《しょうげき》を抑《おさ》えつけ、おおかみさんの肩《かた》を掴《つか》んで言い聞かせる。

「涼子《りょうこ》さん、落ち着いてくださいっス!!」

「ぐっぐにゅっにゅっにゅっ!!」

しかし、未知との遭遇《そうぐう》におかしくなってるおおかみさんは、まったく正気に戻《もど》る様子がない。

「にゅっ!!」

そんなおおかみさんに亮士くんは、まずはどうにか落ち着かせないと……よし、ここは男らしく頼《たよ》りになるところを見せて安心させるしかない!! なんて考えて……

「涼子さん!!」

なぜか暴挙に出ました。

亮士くんも実は結構てんぱってたみたいです。でもまあ、こんなおおかみさんは珍《めずら》しいですから、仕方ないかもしれません。……しれませんが……これはない気がします。で、亮士くんがいったいどんな暴挙に出たかというと、

「大丈夫《だいじょうぶ》っス、おれがついてま……」

てんぱった亮士くんはがばっとパニクったままのおおかみさんを抱《だ》きしめたのだ。

「なっ何しやがる!!」

でも、一瞬《いっしゅん》にして正気に戻ったおおかみさんにぶん殴《なぐ》られた。

「ぐはぁっ」

……………亮士くん、男らしいを飛び越《こ》えてもう軽く変質者って感じなんですが。

他人に触《ふ》れたり触れられたりしたら錯乱《さくらん》する亮士くんが他人に触れようという行動を取るのは成長したということなんでしょうし……

「てってめぇ!!　こっこういうことはこんな場所で……じゃなくて、心の準備が……でもなくて……、思ったよりたくまし……でもなくて……」

……おおかみさんが真っ赤になって言い募《つの》る。そこまで嫌《いや》そうな顔をしてないことを考えれば問題はないかもしれません。おおかみさんは正気に戻りましたし。

気絶して今の萌《も》えおおかみさんを見られなかったことについては、ご愁傷様《しゅうしょうさま》としか言い様はありませんけど。

「あ、涼子お姉ちゃんたちが戻ってきた!!」

「おーう、またせたな」

正気に戻ったおおかみさんと痛そうにほっぺたをさすっている亮士くんは、どうにか白雪《しらゆき》さんとガキどもと合流することに成功した。

「……なんで、亮士《りょうし》にーちゃんのほっぺ右側だけ赤ぃの？」

「気にすんな」

「涼子《りょうこ》お姉ちゃんも顔が真っ赤……」

「……もっと気にすんな」

「……うっうん」

おおかみさんのにじみ出る迫力《はくりょく》に、ガキは黙《だま》る。ガキたちの奥底《おくそこ》に眠《ねむ》る生存本能がアラームを鳴らしたのでしょうが、子供相手に大人げなさ過ぎです、おおかみさん。

でもまあ原因はバレバレですけどね。亮士くんの赤は殴《なぐ》られたからで、おおかみさんの赤は……

「気にすんなっつってんだろ!!」

……ただ太陽の光でそう見えているだけですよね。あと、虚空《こくう》に向かってつっこむのはヒロインとして謹《つつし》んでください、子供たちがおびえてますよ？

と、それはともかく、おおかみさんと亮士くんが戻《もど》って来たのでガキが行きたいとだだこねてた流れるプールに行くことになった。

「それにしても……お前等《ら》、いつもあんなことやってんのか？」

「あんなこと？」

プールを流れながらおおかみさんがすぐ側《そば》でぱしゃぱしゃやってるガキどもに聞いた。白雪《しらゆき》さんは少し離《はな》れた場所でニコニコしながら弟妹たちに囲まれている。亮士くんは……相変わらずおちょくられてるようだ。おおかみさんが二人、白雪さんが二人、亮士くんが三人の面倒《めんどう》を見ているのだ。

おおかみさんが受け持っているのは女の子二人。

「あー、ナンパ男をやっつけたことね」

「そうだ」

女の子二人をまとわりつかせながら、おおかみさんは頷《うなず》く。

「姫《ひめ》お姉ちゃんってばもてるから時々ね。姫お姉ちゃんが好きになったんならともかく、ナンパするような男に姫お姉ちゃんは上げられないわ!!」

「あと、姫お姉ちゃんって食いしん坊《ぼう》なの」

「そうそう、ご飯おごってあげるとか言われたらほいほいついてっちゃいそうだから、邪魔《じゃま》しないと」

「食いしん坊……人は見かけによらないな」

おおかみさんは意外な事実に驚《おどろ》く。

「この街で食べたらタダ!!　みたいなのやってるところ制覇《せいは》しちゃったし」

「あと、えんげるけーすうを姫《ひめ》お姉ちゃん一人で上げてるんだって。ママが言ってたの」

ガキたちはなんでもないように言う。……でも、それって結構すごいことでは？　エンゲル係数上げるって…………どれだけ食べるんでしょう白雪《しらゆき》さんは。


一方、亮士《りょうし》くんの方は男の子三人を受け持ってるのだが、相変わらずいじられていた。

「おい亮士、なに涼子《りょうこ》姉ちゃんのことすけべーな目で見てるんだよ」

「なっこれは純粋《じゅんすい》な目で見守って……」

「そんなこと言ってるからダメなんだよ。恋愛なんてのは、見てるだけじゃ始まらないんだぞ？」

「目は口ほどに物を言うって言うけど、それって口と目が互角《ごかく》ってことだぜ？　なら目と口の両方使えば二倍パワーなんだぞ？」

「そうそう、行動に出ないとね」

七歳《さい》のガキに恋愛について説かれる亮士くん。

「でも……行動に出るって言っても、あれはないよなー」

「パニックになった女の子を抱《だ》きしめて落ち着かせられるのは、美形と少女漫画《まんが》の主人公とある程度以上好感度がある男だけだよ？」

「まあ、しかたないよ。亮士、女慣れしてないみたいだし」

七歳のガキに女の扱《あつか》いについてだめ出しされる亮士くん。どうやら亮士くんとおおかみさんの先ほどの顚末《てんまつ》をガキどもは見ていたらしい。

「ぐっ……見てたんっスか」

「遅《おそ》いから呼びにいったら……なぁ」

「あまりにもかわいそうだったんで見てみないふりしちゃったぜ」

「まあ、あんまり気を落とすなよ。たまにはこういうこともあるって！」

七歳のガキどもに同情される亮士くん。

「……それは……どうもっス」

なんだか情けなさ過ぎて悲しくなってきましたね。そしてそんな情けなさ過ぎる亮士くんを見たガキどもはなにやら相談した後、オレたちに任せろと自分の胸を叩《たた》く。

「仕方ねえなぁ亮士は」

「じゃあ、オレたちが手本を見せてやるよ」

「よく見てろよ…………涼子お姉ちゃ〜ん」

亮士くんに対する生意気な態度からは一転、無邪気で素敵《すてき》な笑顔《えがお》でガキどもはおおかみさんに近づいて行く。そしてガキどもは、

「えいっ」

おおかみさんに水をかけた。

「うわっなにしやがる」

「へっへーん」

「はっ、ならお返しだっ!!」

おおかみさんとガキどもはそして楽しそうに水の掛《か》け合いを始める。

そのどさくさ紛《まぎ》れにおおかみさんに抱《だ》きついたガキは……亮士《りょうし》くんの方を見てニヤッと笑った。どうやら亮士くんのためというよりかは、見せつけて馬鹿《ばか》にしようというのが本音のようですね。

「……こっこのガキ」

さすがの亮士くんもピキピキ来てるようです。

子供たちと遊ぶ、水もしたたる良い女なおおかみさんはきらきら輝《かがや》いて、

「おらおら～」

「うわっぷ」

「やったな～」

「ははっ、オレとやり合おうなんざ十年早い!!」

もう見とれちゃうほどに魅力的《みりょくてき》なんですが……

「…………………………」

亮士くんはどうしようもないくらい蚊帳《かや》の外でした。

……………いやいや、おおかみさんも子供たちも（亮士くん以外は）楽しそうでなによりですね。

それから昼ご飯を食べた後、たくさん遊べてテンションが異様に高いガキどもに「走んなよー」なんて注意しつつ、おおかみさんは亮士くんに聞いた。

「それで、りんごは来てるか？　一応、白雪先輩《しらゆきせんぱい》とここに来るって教えてきたんだが」

「あーなんか来てるような気配はするんスけど……」

亮士くんは周囲を見回しつつ言う。周りに見えるのはカップルが手をつないで歩いていたり、ガキどもが走り回って注意されたり、スク水小学生が泳いでたり、きれいなおねーさんがナンパされてたりと、プールにありがちな光景が繰《く》り広げられてますが、りんごさんは見あたらない。りんごさんのあの赤毛は特徴的《とくちょうてき》で目立つのだが。

「なんかうまく紛れてるって事か。……じゃありんごが腹決めて出てくるのを待つしかないな」

「そうっスね」

なんておおかみさんと亮士くんが話していたら、ガキの一人が割り込《こ》んできた。

「えっ、りんごお姉ちゃん来てるの？」

「ん？　ああ、来ているみたいだな」

「……どうして？」

その問いにおおかみさんは少し考えた後言った。

「あいつも、…………白雪先輩《しらゆきせんぱい》と仲良くしたいんだよ」

おおかみさんは子供にもわかりやすいように簡単にかみ砕《くだ》いて言った。でも間違《まちが》いではないはず。そう、仲良くしたいはずなのだ。半分だけど血が繋《つな》がっていて、たった一日だけど一緒《いっしょ》に遊んだ大好きなお姉さんだったのだから。

「……そうなんだ」

「ああ……そうなんだよ」

それを聞いたガキどもは……円陣《えんじん》を組んでなにやら相談し始める。ものすごく怪《あや》しげな感じなんですが、自分の世界に入っているおおかみさんとそれを心配する亮士《りょうし》くんはそれを見逃《みのが》してしまいました。ここであのガキの行動に気がついていたら……展開が変わっていたのかもしれません。

そして相談事が終わったのか円陣を解散したガキどもが波のプールに行きたいと大合唱を始めた。

「なみなみ～なみのぷ～る～」

「あ？　波のプールだぁ？　浅いところで遊ぶのか？」

「ううん、深いところ行きたい!!」

白雪さんはそのおねだりにちょっと困った顔で眉《まゆ》を寄せる。

「私は～あんまり泳ぎ得意じゃないんだけど～」

「だめだ、危ないだろうが」

「そうっスねぇ」

保護者三人組は首を横に振《ふ》る。確かにこのガキどもを足のつかないプールに連れて行きたくありませんよね、危なっかしすぎて。でも、それを予想していたらしいガキどもはある物を指さした。

「なら、あれは？」

ガキどもが指さした先には、貸しゴムボートがあった。

「……まあ、あれなら大丈夫《だいじょうぶ》か？」

「おとなしく乗ってるだけなら大丈夫じゃないっスかね」

おおかみさんは亮士くんと話した後、ガキどもに向き直る。

「おい、おまえら。おとなしくしてるって誓《ちか》うか？」

「「「「うん！」」」」

「神様とか仏様じゃねえ、おまえらの姉ちゃんにだぞ？」

「「「「う…………うんっ!!」」」」

口ごもるところが非常に怪しいですが…………おおかみさんは白雪さんに聞いてみる。

「ということですがどうします？」

「ん〜ボートなら大丈夫《だいじょうぶ》そうだし〜」

白雪《しらゆき》さんも了承《りょうしょう》し、波のプールに繰《く》り出すことに決定。

二つボートを借りて、片方にガキ四人。もう片方にガキ三人と白雪さんを乗っけて出航する。ボートを引っ張るのはおおかみさんと亮士《りょうし》くんだ。ゆっくり引っ張って深いところに進んでいく。

「おらーおせーぞ亮士」

「涼子《りょうこ》おねーちゃんに負けてるよ」

「うわっぷ、水かけないでくださいっス」

「すいません〜私が乗ってるから〜」

「いえいえ、軽いもんっスよ………ってだから水かけないでくださいっス」

亮士くんの引っ張るボートの方には白雪さんが乗ってるので、少しだけおおかみさんが引っ張ってる方より重たいです。

「でれでれすんなー」

「そうだそうだー」

「涼子お姉ちゃんに言いつけてやるんだから!!」

「そっそれは勘弁《かんべん》っス」

そんな感じでおおかみさんのボートから遅《おく》れていた亮士くんのボートがようやく一番深い辺

りにやってきたとき、

「いっちばーん」

ガキの一人がいきなり立ち上がりプールに飛び込《こ》んだ。一人が飛び込むと、他《ほか》のガキどももも次々飛び込んでいく。

「なっこのガキども」

おおかみさんと亮士くんは慌《あわ》てて追いかけるが、泳げると言ったとおりガキどもはスイスイ逃《に》げ回る。泳ぐスピードは遅《おそ》いが、七人もいるので簡単に全員は捕《つか》まえられない。でも、おおかみさんは一人ずつ着実に捕《とら》えていく。

おおかみさんはすぐに四人ほど捕まえてげんこつを食らわせボートに乗せる。それを亮士くんに見張らせて、さあ後は三人……といったところで逃げ回っていた一人がおぼれ始めた。

「うわっ……ごぼっ」

「っ!!　言わんこっちゃねー!!」

慌てておおかみさんは助けに行き………………そのおぼれるガキのそばまで行ったところで急停止する。

「………」

無言でおぼれるガキを見ているおおかみさん。ものすごいドSです………というわけではもちろんなく、

「わーわーおぼれるー」

ばちゃばちゃ
「…………」

「たすけてー」

ばちゃばちゃ
「…………」

助けを求めている割に一向に沈《しず》む様子のないガキに、おおかみさんがものすごく低い声で言った。

「…………おい、何か言うことは？」

そのおおかみさんの様子に、これはマジだと、おぼれてた……というかおぼれたフリをしていたガキはものすごくばつが悪そうな顔で言った。

「……………………なーんちゃって」

「……こっこの悪ガキがっ!!」

切れたおおかみさんは特大のげんこつを落とした。

「いたー」

「おまえらもだっ!!」

そして次の標的になったのは残りの二人。

「「うっうわー」」

「逃《に》げるなてめぇ、オレが怒《おこ》ってるのはな、お前らが嘘《うそ》ついたから!!　あとは……」

鬼《おに》の形相で追いかけるおおかみさんから、二匹《ひき》のガキは必死に逃《に》げ回る。

そうしていたら、ガキの一人がまたばちゃばちゃとおぼれ始める。

「うわっ……いった」

「またか？　お前らいい加減に……」

懲《こ》りないガキにおおかみさんの怒《いか》りは頂点に……

「っ!?」

といったところで白雪《しらゆき》さんがボートから飛び込《こ》んだ。泳ぎが苦手と言うだけあってよたよた泳ぐ白雪さんを見ながら、おおかみさんはあのガキ……あとでお仕置きだなんて思いますが、そこでどうも様子がおかしいことに気がついた。

「ごぼっぷはっ」

あれはおぼれる演技というよりは……

「あしっ……つったっ」

水面に顔をどうにか出しながら、ガキは半泣き状態だ。

「おい、マジかよっ!!」

どうにか白雪さんがたどり着くとガキは白雪さんに抱《だ》きついてけほけほと咳《せ》き込む。

「くそっだから言っただろうが!!」

おおかみさんと亮士《りょうし》くんは二人の元に慌《あわ》てて泳いで行く。しかし、泳ぎが苦手な白雪《しらゆき》さんはガキを抱《かか》えてどうにか浮《う》いているのが精一杯《せいいっぱい》といった様子。

それを見ていたボートの上のガキどもはなにやらボー然としている。予想外のことにフリーズしてしまっているようだ。

「もう……ちょっとだからな!!」

おおかみさんは泳ぎながらそう叫《さけ》ぶ。しかし、白雪さんたちは浮いているうちに波の発生装置の辺りまで流されてしまっている。おおかみさんと亮士くんは距離《きょり》だけでなく、波にも邪魔《じゃま》されてうまく近づけない。

波にもまれながら最初に二人の元についたのは位置的に近かったおおかみさんだった。

「大丈夫《だいじょうぶ》かっ!!」

白雪さんは半分水に沈《しず》みながら、おおかみさんにガキを手渡《てわた》す。

「……この子……お願い……」

「わかっ……」

「姫《ひめ》お姉ちゃん!!」

限界だったのかそこで力尽《つ》きたのか、白雪さんは沈《しず》んでいく。

「っ亮士!!」

それを見たおおかみさんが叫ぶ。

「ああ、まかせろ!!」

おおかみさんの焦《あせ》った声にすぐ側《そば》まで来ていた亮士くんは男らしく答えた。そして亮士くんが水に潜《もぐ》り少し経《た》ったあと……

「ぷはぁ」

亮士くんは白雪さんを抱えて浮かび上がった。しかし、白雪さんは亮士くんの腕《うで》の中でぐったりとしたまま無反応だ。

「息してない！　俺《おれ》はこのまま泳いで行くから、涼子《りょうこ》はそいつをボートにっ!!」

「はっはい!!」

緊急《きんきゅう》事態で人の視線を気にしている場合じゃなくなりスイッチが入ったのか男らしくなってる亮士くんに、おおかみさんは思わず素直《すなお》に返事をしてしまう。

「まかせた！」

そして亮士くんは白雪さんを抱えて岸へと泳いでいった。

「意識なし、呼吸なし……脈なし」

岸までどうにかたどり着いた亮士くんが手早く白雪さんの状態を一つ一つ口に出しながら把握《はあく》していく。

「まずいな……こういうときは確か、まずは気道確保、次は心臓マッサージに人工呼吸」

亮士《りようし》くんの顔が歪《ゆが》み、そのまま心肺蘇生《しんぱいそせい》と人工呼吸に入ろうとしたそのとき、

「白雪《しらゆき》せんぱい!!」

どこかから現れた小さな人影が亮士くんのすぐ側《そば》にやってきていた。スク水、帽子《ぼうし》、ゴーグルとどこからどう見ても小学生なその少女は、小学生ぽくないはきはきした口調で亮士くんに言う。

「人工呼吸すればいいんですのね?」

「っ!? ……そうだ」

「それは任せてくださいですの!!」

「わかった。回数をカウントするから30で息を2回吹《ふ》き込《こ》め」

「了解《りようかい》ですの!」

そして亮士くんが心臓マッサージを始める。

「1、2、3、4、5…………30、息っ」

合図で少女が息を2回吹き込む。

「ふー、すぅ、ふー」

「1、2、3、4、5…………30」

「ふー、すぅ、ふー」

「1、2、3、4、5…………30」

「ふー、すぅ、ふー」

「1、2、3、4、5…………30」

「ふー、すぅ、ふー」

しかし、白雪さんの呼吸は戻《もど》らず。少女は焦《あせ》った涙声《なみだごえ》で白雪さんに話しかける。

「1、2、3、4、5…………30」

「ふー、すぅ、ふー。お願いですの、……私はまだ」

「1、2、3、4、5…………30」

「ふー、すぅ、ふー。……何も出来てないんですの」

「1、2、3、4、5…………30」

「ふー、すぅ、ふー。……だから……だから……」

「1、2、3、4、5…………30」

「ふー、すぅ、ふー。…………お姉ちゃん!!」

何度目か息を吹き込んだ少女が泣き声混じりに叫《さけ》んだ。

その焦りと深い悲しみの混じった声に、今まで何の反応も見せなかった白雪さんがぴくりと反応し……

「……くっけほっけほっ」

咳《せき》をしながら水を吐《は》き出した。そして白雪《しらゆき》さんは呼吸をし始め、ゆっくりと目を開けた。

「…………ここは」

「お姉ちゃん!!」

少女は喜びの声を上げる。

「…………ふぅ」

亮士《りょうし》くんも、白雪さんの状態を確認《かくにん》した後、座《すわ》り込《こ》む。

その亮士くんに、子供たちをボートごと引っ張ってきたらしいおおかみさんが話しかけた。

「……おまえ、応急処置ができたんだな」

「いやまあ、住んでたところが田舎《いなか》で病院まで遠いのに、周りにいたのは年寄りばかりだったスからね。だから一応何があってもいいように、教えてもらってたんスよ」

「そうか」

へたれに戻《もど》った亮士くんと話すおおかみさんは、なんだか悔《くや》しそうでうれしそうで安心したようで……と複雑な顔をしています。これはあれですかね。先ほど思わず「はっはい!!」って素直《すなお》に返事してしまったのが悔しいんですかね。

そのあと遅《おく》ればせながら監視員《かんしいん》の皆《みな》さんとかが集まって来て、おおかみさんは何が起こったか説明しはじめます。それをぼーっと見ている亮士くんの元に、半べそをかいた七人のガキどもが集まってきて頭を下げる。

「亮士兄ちゃんありがとう」

「「「「ありがとう」」」」

そこには亮士くんを舐《な》めきっていた悪ガキの姿はない。

「いやいや」

そんなガキどもに照れる亮士くん。

「それに、もう一人……」

亮士くんが目を向けると、スク水少女が抜《ぬ》き足差し足しのび足と立ち去ろうとしていた。すると、スク水少女は亮士くんの視線に気がついたのか、振《ふ》り向き……

「…………」

亮士くんの視線にビクッとして少し固まった。しかしすぐ我に返ったスク水少女は走り出そうとし、おおかみさんに首根っこを掴《つか》まれた。

「おいりんご、なにやってるんだ？」

「…………りんごって誰《だれ》ですの？　じゃなくて誰ですか？」

そのスク水少女はおおかみさんから顔を背《そむ》けながらそう言いますが、

「…………」

おおかみさんは気にせずその少女の水泳帽《すいえいぼう》をむんずと掴んで取り上げる。帽子の中から出てきたのは特徴的《とくちょうてき》な赤い髪《かみ》。さらにゴーグルも取ってみる。出てきたのは見覚えがありすぎるつぶらな瞳《ひとみ》。

「……で、何でだ?」

ここまでされたらさすがにしらを切るわけにはいかないのでそのスク水少女……りんごさんは仕方なく白状する。

「……変装ですの」

「いやそれにしても……その格好は……」

おおかみさんが上から下までじろじろりんごさんを見ながら言うと、

「……言わないでくださいの」

消え入りそうな声でりんごさんはつぶやいた。

りんごさんはどうやら変装の為《ため》に自らのプライドを犠牲《ぎせい》にしていたようですね。でも、確かにやばいくらいスクール水着が似合ってます。

「それで、覚悟《かくご》はできたのか?」

「それは……ただ、白雪先輩《しらゆきせんぱい》がおぼれたのを見て夢中で飛び出ただけですの」

「でもまあ、覚悟がどうのはもう関係ないな。ほれ見てみろ」

おおかみさんがそう言って視線で指した方向には、
白雪さんが体を起こしてりんごさんの方を見ていた。朦朧《もうろう》としていた意識も回復したのか、口調もはっきりしています。

「あっりんごちゃん～」

その声にビクッと固まり、りんごさんは逃《に》げようときょろきょろする。でもおおかみさんに首根っこを掴《つか》まれてそうもいかず、りんごさんは白雪さんの前に連れて行かれます。白雪さんの前で、りんごさんはその小さな身体《からだ》をさらに縮める。

そんなりんごさんに白雪さんは笑顔《えがお》で話しかけます。

「りんごちゃん……来てくれたのね～」

「………」

「あと、人工呼吸したのもりんごです」

おおかみさんがそう付け加えると、白雪さんは笑顔で頭を下げる。

「そう……ありがとう～」

「………」

しかしりんごさんは未《いま》だ黙《だま》ったまま。

そんなりんごさんに白雪さんは優《やさ》しく語りかける。

「今回ね……なんでうちの子たちの面倒《めんどう》をりんごちゃんたちに見てもらうように頼《たの》んだと思う？」

白雪さんはそこで、遠巻きに白雪さんを見ていた七つの小さな人影に視線を向ける。白雪さんがおぼれたのは自分たちのせいなので近寄っていけないのでしょう。そんなショボーンとし

ている七人に白雪《しらゆき》さんが笑顔《えがお》でちょいちょいと手招きすると、

「「「「「「「姫《ひめ》お姉ちゃんごめんなさい〜」」」」」」」

その七人はわらわらと白雪さんに泣きながら抱《だ》きついていく。

「……私はね〜、この子たちを見てほしかったの〜」

代わる代わる子供たちの頭をなでながら、白雪さんは言う。

「確かにね、お母さんが離婚《りこん》して再婚してこの子たちが生まれてから、私の自由はなくなったと思うわ〜。忙《いそが》しくて、クラブ活動なんか出来なかったし、友達と遊んだりもあんまりできなかったし」

それを聞いてりんごさんは目を伏《ふ》せる。

「あなたのおかげで私の人生は大きく変わった。色々失って………でも失ったものよりたくさんのものを手に入れたの」

白雪さんはにっこりりんごさんに向けてほほえむ。りんごさんはおそるおそる視線を上げてそんな白雪さんを見る。そこには幸せそうに七人の子供たちに囲まれた白雪さんがいた。

「そう、あなたがいたから私はこの子たちに会えたのよ。元気でませてて生意気で、でもとてもやさしい自慢《じまん》の七人の弟妹たちに。……だからね、りんごちゃんが気にすることなんて何にもないわ。私は今幸せなんだから」

そして、白雪さんは自分の思いをりんごさんに伝えた。

「それとずっと伝えたかったことがあったの。…………りんごちゃん」

白雪さんは優《やさ》しくほほえみながらりんごさんの頬《ほお》に手を伸《の》ばす。

「私の妹に生まれてきてくれてありがとう」

その瞬間《しゅんかん》、りんごさんの顔が急激に崩《くず》れ、

「うっ……ううう――」

泣きながらりんごさんは白雪さんに抱きついた。

「うー」

この一言でりんごさんが今まで心の内にたまり蝕《むしば》んでいた毒が消えてしまったんでしょう。

自らの生まれそのものを呪《のろ》っていたりんごさんは、ようやく許されて毒りんごではなくただの赤いりんごになれたのかもしれません。

「うー……おねえちゃん」

「よしよし～」

いつかの無邪気《むじゃき》な女の子だった頃《ころ》のように泣くりんごさんの頭を、白雪さんはずっとなで続けていました。ずっとずっと……

「……良かったっスね」

「…………ああ、本当にな」

亮士《りょうし》くんとおおかみさんは優《やさ》しい顔でりんごさんと白雪《しらゆき》さんを見ています。そしておおかみさんはりんごさんを見ながら言った。

「…………色々ありがとうな」

「…………はいっス」

そのおおかみさんのお礼に、亮士くんは笑顔《えがお》で頷《うなず》く。

流れるいい感じの空気…………………………ですが数分でおおかみさんは耐《た》えられなくなりました。実にラブコメヒロインです。とてもじゃないですが、ラブストーリーのヒロインは張れそうにありません。

「そっそういや、なんか静かだな」

いい感じの空気を吹《ふ》き飛ばすかのように、周囲を見回す照れ照れおおかみさん。でも確かに静かです。なぜならいつもなら騒《さわ》がしいはずの七人のガキどもが騒いでないのです。

おおかみさんはきょろきょろした後、ガキどもを発見する。ガキどもは抱《だ》き合う白雪さんとりんごさんの二人を少し離《はな》れて見ていた。すごくおとなしいです。いつもなら姫《ひめ》お姉ちゃんに近づくなとか言って突《つ》っかかるところでしょうに……いったいどうしたんでしょう。

そんないつもと違《ちが》うガキどもにおおかみさんは近づいていく。

「ん、どうした？　おとなしいじゃねーか。ねーちゃんとられて寂《さび》しいんじゃねーか？」

「なわけねーよ」

……なんて言ってはいますが強がりですね。まあ、優しいおおかみさんは気づかないふりをしてあげますが。

「昨日言っただろ。姫お姉ちゃんがりんごお姉ちゃんの話をおれらにしてくれたって。……姫お姉ちゃんはおれたちにこう言ってたんだよ。『私には妹がもう一人いるのよ～』って」

「うん、言ってた」

「姫お姉ちゃんの姉妹なら私たちとも姉妹だよね」

「ちょっと複雑だけど」

「まあ、確かにお母さんから若い女に乗り換《か》えた姫お姉ちゃんの前の親父《おやじ》にはむかつくし、子供作るなんて古典的な方法使ったりんごねーちゃんのお母さんはどうかと思うけど……そうじゃなかったら姫お姉ちゃんが言うように俺《おれ》ら生まれてないしな」

「そうそう」

「うん。いろいろあったみたいだけど、今はみんな幸せなんだから……だからりんごお姉ちゃんも幸せにならないと」

「……まあ、全部姫お姉ちゃんが言ってたんだけどね」

意外と色々考えているらしい七人の子供たち。そこでようやく合点がいったのかおおかみさんは子供たちに聞いた。

「……だからか？」

「だからこんな事をしたのか？」

こんな事……それがおぼれたフリを指していることに気がついた子供たちはしゅんとして頷《うなず》く。

「え？」

「う……うん」

「涼子《りょうこ》お姉ちゃんたちがりんごお姉ちゃんが来てるって言ってたから……」

「姫《ひめ》お姉ちゃんがピンチになったら出てくるんじゃないかなって」

「みんなでおぼれた真似《まね》したら。涼子姉ちゃんや亮士《りょうし》にーちゃんだけじゃなくて姫お姉ちゃんも助けに来てくれるでしょ？」

「でも……あっという間に涼子ねーちゃんに見破られちゃったんだけど」

「ホントにおぼれちゃったし……」

その子供らしい浅はかな考えに呆《あき》れるおおかみさんですが、りんごさんや白雪《しらゆき》さんのことを思ってのことだし、どうにか大事には至らなかったしとため息混じりに言う。

「……はぁ、わかった。そういうことなら今回はげんこつは勘弁《かんべん》してやる。でも、もう二度とすんなよ。シャレじゃすまねーんだからよ」

「「「「ごめんなさい」」」」

おおかみさんが本気で心配しているのが伝わったのかガキどもは素直《すなお》に頭を下げます。

「にしても……おまえら、色々考えてるんだな、ガキのくせに」

その空気を変えるように言ったおおかみさんの呆れ半分感心半分の言葉にガキどもは顔を見合わせて言う。

「だって……姫お姉ちゃんは人がよすぎて心配なんだよ」

「……確かにな」

おおかみさんは苦笑する。白雪さんとはあんまり接点のないおおかみさんですら思わず心配してしまうレベルのお人好《ひとよ》しです。

「だからみんなで姫お姉ちゃんを守らないと……なんて考えてたらしっかりもするさ」

やれやれなんて手を挙げるポーズをするマセたガキに、おおかみさんは笑う。

「ふん、おまえらなかなか見所があるな。いい男になりそうだ」

「「「あったりまえだ!!」」」

「いい女は？」

「ああ、いい女にもなるかもな」

「「「当然よね」」」

「それに私たちは姫お姉ちゃんの妹なんだから、おっぱいだって大きくなるもん！」

「そうそう、涼子お姉ちゃんおっぱい小さいしね」

ガキどもは調子に乗って色々言い始める。

そして案の定、

「…………」

ごんごんごんごんごんごん

「「「いてえっ」」」

「「「いたいー」」」

一言多いガキどもにおおかみさんのげんこつが炸裂《さくれつ》しましたとさ。

そんな訳で白雪姫《しらゆきひめ》と毒りんごさんのお話はこれでおしまい。

白雪さんは……

「だから姫《ひめ》お姉ちゃんはガードが緩《ゆる》すぎるんだって」

「そうよそうよ」

「姫お姉ちゃんはすごい美人なんだから気をつけないと」

「ごめんね～」

「大学行ったらああいうのがもっと増えるんだから」

「うんうん」

「お姉ちゃん気をつけるわ～」

七人のガキどもに代わる代わる怒《おこ》られつつもすごく幸せそうです。

その後の話と言えば、就職する気満々だった白雪さんは進学することになりました。

一つ目の理由は七人の妹弟たちの強引な説得。私たちが家のことがんばってお手伝いするから、俺《おれ》たちは良い子にしてるから……と泣いて喚《わめ》いてだだをこねたわけです。

二つ目は……


「……お願いがあってきましたの」

「……ふむ、聞こう」

りんごさんの前に御伽《おとぎ》学園最高責任者にして御伽銀行の陰のボスでもある荒神洋燈《アラガミランプ》がいた。

ここは学園長室で、爺《じじい》はなにやら豪華《ごうか》な椅子《いす》にふんぞり返っている。

「…………白雪先輩《せんぱい》が私と半分血が繋《つな》がっているのはご存じですのよね？」

「うむ、姫乃《ひめの》ちゃんもりんごちゃんもめんこいからのう。チェックしておるわ」

実にエロ爺らしい覚え方ですね。

「その白雪先輩なんですが就職希望なんですのよ。そしてそうなったのは大本をたどれば、私のせいですの」

「…………ふむ」

「私が、御伽学園学生相互扶助《そうごふじょ》協会に所属したのは、白雪先輩になんとか贖罪《しょくざい》ができないかと思ったからなんですの。でも、今どうにかできないと意味がない……だから……」

「要するに三年間勤め上げた後、儂《わし》がご褒美《ほうび》として叶《かな》えてやるはずの三つの願いを今ここで叶えろということじゃな?」

「……そうですの」

「まあ、儂の一声でどうにかすることはまあ可能じゃな。姫乃《ひめの》ちゃんは品行方正を絵に描いたような娘じゃし、成績もそこまで悪い訳ではない。儂が強権を発動して特待生として姫乃ちゃんを上に進ませたとしても、そこまで波風は立たないじゃろう」

「はいですの。私が望んでいることはまさにそれですの。お金を渡《わた》そうとしても白雪先輩《しらゆきせんぱい》は受け取ってくれません。それに……渡そうとしているそのお金も、私が汗水《あせみず》流して稼《かせ》いだものではないんですの。それでも白雪先輩のためになるからと貯《た》めてはいましたが、……それはただの逃《に》げでしかありませんでしたの」

「………」

「だから私の手でどうにかしたいんですの。私は必ず御伽学園学生相互扶助協会で三年間勤め上げますの。叶えてくれる願いも三つもいりません……ただ一つで良いですの。だから、お願いですの。白雪先輩を……お姉ちゃんを……お願いしますの」

りんごさんは深々と頭を下げた。

「………話はわかった。じゃが、都合のいい話じゃのう、ただの口約束でこの儂にそこまでさせようというんじゃやから。………………まあ、それでもそれなりの誠意を見せてもらえれば考えんこともないがのう」

そう言ってにやりと嫌《いや》らしく笑う爺《じじい》に、

「…………」

りんごさんは決意の表情でエロ爺の元に歩いていった。

そしてエロ爺にすり寄り……

「…………おじいちゃま、おねがいですの～」

学園長に抱《だ》きついてかわいくおねだりした。

「ほっほう、しかたないのう。今回だけじゃぞい」

…………とまあこういうことがあったわけです。

「本当にみんなありがとう～」

ま、一人増えて八人になった弟妹《きょうだい》たちにはさすがの白雪さんも勝てなかったということですね。

というわけで、このちょっとぬけた白雪姫《ひめ》はこれからも七人のこびとに囲まれて幸せに暮らすのでしょう。こびとたちにガードされた白雪さんに王子様は……当分こなさそうですしね。

そしておおかみさんとりんごさんはというと……

今日も、御伽《おとぎ》銀行にご出勤していつものごとくダベっていた。

「……よかったな、りんご」

「ありがとうですの」

おおかみさんは心底喜びつつも少し寂《さび》しそうだ。りんごさんにおいて行かれた気分がするのだろう。ですがそんなおおかみさんにりんごさんは言う。

「次は涼子《りょうこ》ちゃんの番ですのね」

「でもオレの場合は……」

「大丈夫《だいじょうぶ》ですの。私はいつだってどこだって涼子ちゃんの味方ですすし、何より今は森野《もりの》君がいますの」

「亮士《りょうし》……か」

おおかみさんとりんごさんが目をやると、やはりそこには同じく出勤している亮士くんがいた。放課後に御伽銀行地上支店までわざわざお礼を言いにやってきた白雪《しらゆき》さんに思いっきり感謝されるのだが……

「本当にありがとう～」

「いっいえ、当然の事をしたまでっスよ」

「でも～」

「ははは、その言葉だけで十分っス。だから、手を離《はな》して……」

亮士くんは白雪さんに手を握《にぎ》られて硬直《こうちょく》していた。

……………あれ、どう見てもカウントダウンが始まってますよね。

というわけで……

「ひっひー見ないで見ないでー」

白雪さんとの接触《せっしょく》とその視線で、亮士くんは錯乱《さくらん》する。

「あいつはまったく……」

そんな呆《あき》れてるおおかみさんの横でりんごさんはくすりと笑った。

「でも……ホントいい男になっちゃいましたのね……」

今はともかく今回結構活躍《かつやく》しましたからね、亮士くん。色々がんばりましたし。

「あん、なんか言ったか？」

「森野君なら涼子ちゃんを仕留めてくれるって言ったんですのよ。森野君なら涼子ちゃんの抱《かか》えているものもパーンと撃《う》ち抜《ぬ》いてくれるはずですの」

「……あのへたれがか？」

「あのへたれがですの」

視線の先では白雪さんが急に錯乱した亮士くんを介抱《かいほう》しようとして、事態を余計に悪化させている。

「ひっひ〜〜〜〜」

「大丈夫《だいじょうぶ》ですか〜」

亮士《りょうし》くん、相変わらずどうしようもないです。

「…………でも、そろそろ本気でどうしようもなくなりそうなので止めましょうですの」

「……だな。おい、亮士てめー、いつまでやってやがる!!」

おおかみさんは亮士くんの元に向かう。りんごさんはそんなおおかみさんの後ろ姿を見ながら、もう一度笑顔《えがお》でつぶやいた。

「ほんと、いい男になっちゃって……」

これは……ちょっとトライアングルで波乱な展開に…………どう考えてもなりそうにないですね。なんたっておおかみさんとりんごさんと亮士くんですから。

「涼子《りょうこ》ちゃーん。殴《なぐ》るなら跡《あと》が服で隠《かく》れるようにボディを狙《ねら》うんですのよー」

……ほら、わだかまっていた心の中の毒が抜けても、りんごさんのいつもの毒舌《どくぜつ》は相変わらずです。

まあ、このへんてこでこぼこ三人組……意地っ張りなうそつきオオカミ少女と毒舌赤ずきんとへたれな猟師《りょうし》は、もうしばらくはこんな感じで愉快《ゆかい》に楽しく暮らしていくのでしょうね。

めでたしめでたし

オオカミさんと素敵な設定画

～亮士くん～

日夜、読者の皆さんに喜んでもらうために、うなじ画伯はどうでもいい男のキャラだって作り込んでいるのです。もしかしたらいるかもしれない亮士くんファンのために、ついでに公開しときます。

【初期設定】
こだわりようがない普通の制服だからか、その分、髪型にこだわります。

【完全武装バージョン】
やるときゃやる男、亮士くんのりりしいお姿。いつか登場するはず……。

【よそいきの服】
地蔵さん＆花咲さんとのダブルデートのとき、こんな服を着ていたんです。注目はおおかみさんのかわいさ！

おおかみさんりんごさんに影響《えいきょう》されて自分も少し前に進もうと決心する

夜、ベッドの中でおおかみさんは考えていた。

「勇気を出す……か」

そうつぶやいておおかみさんは占《うらな》いの館《やかた》で加賀見《かがみ》さんと交わした会話を思い出す。

「それでは色々聞きますが、本当に答えたくなければ黙秘《もくひ》して結構です」

「……そんなこと言うと、ほとんど黙秘するぞ？」

「結構ですよ。……それであなたは好きな人はいますか？」

「…………」

「いるのですか。……いえ、気になっているか、自分の気持ちが向いていることを認めたくないとか、そういう感じですか」

「…………っ！」

「……昔、男性に何かひどい目に遭《あ》わされたことは？」

「…………………………………………………」

「……なるほど。あるのですか」

「…………!?」

「なんでわかるのかという顔ですね。まあ、伊達《だて》に何百人もの恋する乙女《おとめ》の相談に乗っていないということです。特にあなたは表情に出る質《たち》らしいですし。それに加えてあなたの情報、性格が少しでもわかれば予想もついてきます。あなたの深いところ以外のさわりの情報ならば私も持っていますしね。何のためにあなた方と情報の一部共有を行っていると思っているのですか」

「…………………」

「男性にひどい目に遭わされて、男に頼《たよ》らなくてすむよう強くなろうとした……という感じでしょうか？　いえ、どうやら、それだけでもないようですね。それに人間不信もミックスされてますか……親しい人間は何人もいるようなのでそこまで深い物ではない……いえ誰《だれ》かのおかげで克服《こくふく》できたということでしょうか。あなたは今自分のためでなく他人のために何かしようとしていますしね」

「………」

「自分を守るため強くなろうと意地を張ってできあがったのがあなた。……あなたの言動から鑑《かんが》みるに、その意地はあなたを構成する芯《しん》の部分にまで達しているのですね。だからそう簡単に意地を張るのをやめられない」

「…………………」

「意地っ張りプラス軽い人間不信……いえ、恋愛恐怖症《きょうふしょう》で、どうしても気持ちが惹《ひ》かれているのを素直《すなお》に認めたくない訳ですか……前に好きだった人がよほど酷《ひど》い人だったのですかね」

「………………………………!!」

「まあ、そんな怖《こわ》い顔をなさらずに。それでは図星だと言っているようなものですよ？」

「………」

「では占《うらな》いの結果を……」

「……」

「……いいじゃないですか、占いで。悩《なや》みで小さな胸を痛める乙女《おとめ》に道を指ししめすことができるなら占いでしょうが神の教えでしょうがおばあちゃんの智恵袋《ちえぶくろ》でしょうが何だっていいんですよ。それに私はあなた方と違《ちが》い、ただ助言するだけ。なので当たるも八卦《はっけ》当たらぬも八卦ということで話半分に聞いていればいいのです。占いの良い結果だけを信じて、それを前に足を踏《ふ》み出すきっかけにする。それが正しい占いの活用法ですよ」

「………」

「ごほん、では。……あなたのその意地を脱《ぬ》がしてくれるのは、弱くなったあなたを支えられるほど強い人です。そしてその人はあなたの近くにいて、あなたはそれにうすうす気がついているはず。あとはあなたが少しだけ勇気を出すこと……」

「……………………」

「そうすれば彼はあなたを受け入れ守ってくれるでしょう。……では、外の彼を呼び戻《もど》しましょうか」

思いだし、おおかみさんは布団《ふとん》の中でギリリと奥歯《おくば》をかみしめる。

図星だった。

おおかみさんが前に好きだったのはあの羊飼《ひつじかい》さんだ。本性《ほんしょう》を知ればただ外面《そとづら》の良いだけのゲス野郎《やろう》で……自分のあまりの見る目のなさに泣きたくなってくる。

さらにその後の周囲の無理解からの追い打ちで、おおかみさんは他人を信じられなくなり一人で生きていこうとした。

でもりんごさんに出会い、御伽《おとぎ》銀行の仲間たちに出会い、その他愉快《ゆかい》な人たちに出会い、仲間のことなら信用できるまでに回復した。ただ、それは友情で、おおかみさんは誰《だれ》かと恋愛をするなんて考えてもいなかったのだ。

……………………ついこの間までは。

初めはへたれだった。途中《とちゅう》でかっこいいところ見せたと思ったらまたへたれに戻《もど》って、時々かっこよくはなるがやっぱりへたれたまま。

でも、そんなへたれが頭から離《はな》れない。

昔おおかみさんがまだ何も知らない少女だった頃《ころ》に夢描いていた恋人は、かっこよくて優《やさ》しくて強くて男らしかった。

あのへたれはそれとは正反対で……でも……そのへたれが何度も自分を救ってくれたのだ。

支えて助けてくれたのだ。

あの時も、

「………へたれのくせに」

おおかみさんが不機嫌《ふきげん》な顔でつぶやく。

あの時も、

「………へたれのくせに」

おおかみさんが呆《あき》れ顔でつぶやく。

あの時も……。

「…………へたれのくせに」

おおかみさんが…………自分でも気づかないうちにほほえみながらつぶやく。

へたれでどうしようもないが、そのへたれの姿を思い浮《う》かべると、心が安まる自分が居る。

そしてそれだけでなく心の奥《おく》が……こう……なんだか温かくなる気がするのだ。

それはあのへたれがこの胸に……心に少しずつ入り込《こ》んできている証拠《しょうこ》で、それはあのへたれが自らの行動で自らの意志を示してきた結果なのだ。

あのへたれはへたれなりに前に進んでいる。今すぐどうということはないが、それでもこのままあいつが進んでいけば…………今のように中途半端《ちゅうとはんぱ》な関係ではいられなくなるに違《ちが》いない。

その時どうするか……どうできるか…………

「勇気……か」

おおかみさんは少しだけあのへたれの気弱な笑顔《えがお》を思い浮かべて……覚悟《かくご》を決めた。あのへたれはいつだって情けなくて、どうしようもなくて……でも、それでもあのへたれは逃《に》げたことはないのだ。逃げずにおおかみさんの側《そば》にいるからこそ、おおかみさんにへたれた姿を晒《さら》すことになっているのだ。

「そう……だな」

オレも進もう。意地を張るのはやめられないけど、それでも想《おも》いを向けてくれるあいつに真《しん》摯《し》に向き合えるくらいには自分に正直に、その時くらいは自分に嘘《うそ》をつかないで……

「…………………………………………へたれのくせに」

心を決めたおおかみさんは、なぜか安堵《あんど》と温かくやさしい気持ちに包まれながら眠《ねむ》りに落ちていった。

それはまさしくおおかみさんがほんのちょっとだけ前に進んだある日の夜のことだった。

……

……………

……………おおかみさんはお花畑で寝《ね》ころんでいた。一面色とりどりの花が咲き、草木が風にそよぎ、蝶《ちょう》や蜂《はち》がダンスを踊《おど》っている。

上半身を起こし自分を見てみるとドレス姿で、なぜかおっぱいがいつもより心なしか大きい気がする。何らかの補正がかかっているようだ。

「…………なんだ？」

おおかみさんが疑問に思い周囲を窺《うかが》っていると、ぱからっぱからっと馬に乗った誰《だれ》かが現れた。

その時代錯誤《さくご》すぎる登場をした人影は、服装もこれまた時代錯誤な王子様ルックで、そして実に見覚えのある顔をしていた。

「涼子《りょうこ》」

その人物……亮士《りょうし》くんが男らしくも甘《あま》い声でおおかみさんに言った。そう、この王子様は亮士くんだった。いつもと違《ちが》うのは他人の視線を少しでもシャットアウトするためというダメな理由で伸ばされている長い前髪《まえがみ》がオールバックのように後ろに流されて顔があらわになっていること。

その王子な亮士くんは馬を下りるとおおかみさんのすぐ横に跪《ひざまず》き、おおかみさんの背中に手を添《そ》えるとおおかみさんを再びお花畑に寝かせる。

「えっ、なっなにを」

「お姫様《ひめさま》を起こすのは男の役目だろう?」

「いや、でも」

そのかっこよくて男らしい亮士くんに、おおかみさんはどぎまぎする。

「心配するな、全部俺《おれ》に任せていればいい。お姫様を目覚めさせる方法は知っている」

そんなことを言って、亮士くんは瞳《ひとみ》を閉じおおかみさんに顔を近づけてくる。

「えっあっちょっまっ」

おおかみさんはパニックになる。

でも、亮士くんの顔が寸前まで来たところで観念したのか、

「……うー」

おおかみさんは真っ赤になって目をぎゅっと瞑《つぶ》りながらもおずおずと亮士くんの身体《からだ》に手を回し……回し…………

…………

…………

……


「あんっ、涼子《りようこ》ちゃんたらこんな朝から……」

そんな甘《あま》い声で瞳《ひとみ》を開いた。

そしたらすぐ目の前にはりんごさんの顔が……

「うわっ、何でいやがる!!」

「きゃんっ」

驚《おどろ》いたおおかみさんに思わず突《つ》き飛ばされ、りんごさんは尻餅《しりもち》をつく。

「あっわるい」

そこでおおかみさんは我に返り謝《あやま》る。

「いたたたですの」

突き飛ばされたりんごさんはお尻をさすりながらどうにか立ち上がる。

「…………涼子ちゃん、『何でいやがる』はないでしょうですの。涼子ちゃんが私をお布団《ふとん》に引きずりこんだくせに……」

「…………は？」

その寝耳《ねみみ》に水な言葉に、おおかみさんは思わず間抜《まぬ》けな声を上げてしまう。

「『は？』とはなんですの『は？』とは」

りんごさんはぷんすか怒《おこ》ってる。りんごさんから見ればいきなり布団に連れ込《こ》まれて、キスされそうになって、そのあと訳もわからず突き飛ばされたんですから……まあ気持ちはわかります。

「…………オレが？」

「そうですの」

りんごさんは頷《うなず》く。

「マジで？」

「マジですの」

りんごさんはもう一度頷く。

「…………」

「…………」

未《いま》だ理解できてない様子のおおかみさんにりんごさんは詳細な説明を始める。

「私が涼子ちゃんを起こそうとしたらですの。いきなり涼子ちゃんは私の腕《うで》を掴《つか》んで、乱暴に抱《だ》き寄せて、そんでもって真っ赤でプリティーな顔を近づけてきて……」

りんごさんは話の途中《とちゅう》から頬《ほお》を染めくねくねしだす。その様子におおかみさんは自分の見ていた夢を思い出し……顔が徐々《じょじょ》に赤くなっていき、それが頂点に達したところで、

「……………………………………………ぱう〜〜〜〜〜〜〜〜!!」

奇声を上げた。

オオカミさんシリーズ史上に残りそうなほどに訳がわからない悲鳴ですが、なにやら激しい感情が込《こ》められていることだけは分かります。

そしておおかみさんは布団《ふとん》に潜《もぐ》り込んでぴくぴくビクビクビチビチ痙攣《けいれん》し両腕《りょううで》で布団をかきむしる。それだけでなく顔は真っ赤で口からは……

「ああうあうあああうあうあうあうあうあああうあうあうあうあ～」

言葉にならない声が漏《も》れてます。

そんなおおかみさんの心の内を言葉にするとこんな感じです。

恥《は》ずかしい恥ずかしい恥ずかしい、あの夢を他人に見られたら間違《まちが》いなく悶死《もんし》する。絶対する。つーかなんであんな夢を？　あれか？　昨日寝《ね》る前色々考えたからか？　いやそれにしたってアレは恥ずかしすぎるだろう。どこの夢見る少女の妄想《もうそう》だよ。いい歳《とし》こいた人間の見る夢じゃねーぞ!!　お花畑で王子様とキスってうあああ～　お姫様《ひめさま》ってうあああ～　うあああ～。

……………末期ですね。おおかみさんの精神が恥ずかしさで崩壊《ほうかい》寸前です。

「ぐぎぎぎぎぎ～」

そんなキテるおおかみさんにりんごさんは声をかけてみる。

「……涼子《りょうこ》ちゃ～ん」

「………………………………………お願いだから放っておいてくれ」

しばらくして布団の中から微《かす》かに聞こえてきたのはおおかみさんのそんな力のない言葉。しかし、そうも言っていられないし、何よりものすごく気になる。という訳でりんごさんは聞いてみた。

「涼子ちゃんってばなにか夢を見たんだと思いますけど……いったいどんな夢だったんですの？」

そのりんごさんの問いに布団の固まりというかおおかみさんがビクッとした。

そして……しくしくという悲しそうな泣き声が聞こえてくる。

「しくしく」

「…………」

「ちくしょう〜」

「…………」

「へたれのくせにぃ〜」

「…………」

りんごさんは自分が抱《だ》き寄せられてキスされそうになったことと、へたれという名前が出たことでおおかみさんの夢をだいたい把握《はあく》する。

「……………………」

見る間にりんごさんのお顔のデッサンが狂《くる》っていき……りんごさんはだだっと走ってトイレ

に飛《と》び込《こ》み扉《びら》を閉めた。すぐに水を流す音が聞こえてくる。

じゃぼ――

……………りんごさん、絶対トイレの中で爆笑《ばくしょう》してますね。

まあ、それはともかくおおかみさんのものすごく悲しい泣き声が部屋の中に響《ひび》きます。

おおかみさん、前に進もうと決心したのは良いのですが…………この様子では当分無理そうですね。なんというか一歩進んで二歩ぐらい下がってますよね。でもまぁ……うん、進んだことには間違《まちが》いないですし、進もうというその想《おも》いが大切なわけなんですよ。

「しくしくしく」

だからそんな悲しそうな声で泣かないでください。笑えてきますから。

でもおおかみさん、あの恥《は》ずかしい夢…………正夢になるかもしれませんよ？　そう遠くない未来に。

だってあのへたれな狩人《かりゅうど》は他《ほか》ならぬおおかみさんのためにゆっくりながらも着実に成長してたりするのですから……

おしまい

おまけ

朝、御伽《おとぎ》学園の校門前で亮士《りょうし》くんはフラフラ歩くおおかみさんを見つけた。隣《となり》にはニヤニヤしているりんごさんがいる。

そんな二人にうれしそうにかけより、亮士くんは挨拶《あいさつ》をする。

「涼子《りょうこ》さんおはようござ」

「くたばりやがれっ!!」

「ぐはあっなんでっ!?」

ただ気持ちよく朝の挨拶をしただけなのに、亮士くんは思いっきり殴《なぐ》られる。

そんな亮士くんをにらみ付けながらおおかみさんは真っ赤な顔で叫《さけ》んだ。

「うっせーちくしょー!!」

……………………はい、皆《みな》さん。激しく報《むく》われない亮士くんに合掌《がっしょう》。

あとがき

沖田《おきた》です。すいません。……いえ、今回は四ヶ月しか空かなかったんで謝《あやま》らなくても良いはずなんですが何となく。……嘘《うそ》です、ホントは前六ヶ月空いたので少し早めに出る予定でした。

まあ、それはともかく、前の巻はおっぱい最強だったのですがこの巻は全裸《ぜんら》とパンチラ祭り。

……いったい私はどこに進もうとしているのか。いえ、私としては誰《だれ》に言われたからでもなく心から楽しんで書いているんですがね。なんというか……昔なら恥《は》ずかしくて書けなかったようなことが今は書けるんですよ。…………これははたして進化なのでしょうか？

まあ、そんなダメ人間の独白なんか聞いても面白《おもしろ》くないと思うので、恒例《こうれい》の解説に行っちゃいましょうです。これから超ネタバレなので気をつけてくださいませ。


【プロローグ、亮士《りょうし》君が変な夢を見る話】

ふと思いついたネタをふくらませてキャラ紹介《しょうかい》と時期の説明などのプロローグ的なものに……するつもりだったんですがなんだか変な感じに。とりあえずあの二匹《ひき》の犬のイメージはあんな感じです。お嬢様《じょうさま》風なのはしつけられてるから。設定としては、この二匹のお母さんと亮士くんはいつも遊んでたんですが、亮士くんがある程度大きくなったときにその犬が子供を生んで、その中の二匹を亮士くんがもらって育てることになったんです。ご飯をあげたのもしつけたのも亮士くんで、だから犬たちもすごくなついているわけです。

【木《き》崎《ざき》さんの話〜元ネタ、裸《はだか》の王様】

どうしてこんな話になったのかなと書いた私が首をかしげてしまいそうになった話。いや、おっさん裸にしても面白くねーよな、どうせ裸にするなら……という感じで話を考え始めたんです。でも、単なる露《ろ》出《しゅつ》狂《きょう》じゃなくて裸になる理由を……なんて考えてたらシリアスっぽく。まあいいか。名前は王様→女王様→お妃《きさき》様→木崎さんとなりました。連想ゲームなので細かいことは気にしない。あと、乙姫《おとひめ》さんがとうとうヒロイン食っちゃった。まあ、おおかみさんもGとかぴらぴらとかで存在感を示したとは思いますが、乙姫さんが良い所を全部持ってっちゃいました。てゆーか、ラブコメであったはずのオオカミさんシリーズがエロコメになりつつある気がするのは乙姫さんのせいに違《ちが》いない。この人、一人だけ十八禁の世界に住んでます。おかげで私の中のピンクのハードルが下がった気がします。これは功なのか罪なのか。……書いててすごく楽しいんですが。それにしてもこの人、浦島《うらしま》さんと別れたら超弩《ど》級《きゅう》の地雷《じらい》になりそうですね。昔話の乙姫もそんな感じなのでかまいませんが。乙姫さん以外に書きやすさとキャラ立ちで自ら出番を勝ち取ったキャラに地蔵《じぞう》さんがいるのですが、この巻には出ませんでしたが書く予定はあります。話の中にはストリーキングという単語がたくさん出てますが、露出狂とストリーキングは厳密に言えば違《ちが》うものらしいですし、ストリーキングのキングは王様のキングじゃないんですが、まぁ、裸《はだか》の王様モチーフだし字面《じづら》が良いよなということでストリーキングと呼称《こしょう》しました。

【ジャックさんの話〜元ネタ、ジャックと豆の木】


パンチラ万歳《ばんざい》エロス最高な馬鹿話《ばかばなし》。でも書いてて楽しかった。歴代のジャックさんが育てたのは豆の木じゃなくて一つの壮大《そうだい》な計画。手に入れようとした宝はエロス。馬鹿すぎる。

これは小学校の頃《ころ》、校舎と校舎の間に強風が吹《ふ》いたのがアイデアの原点です。風の強い日はビル風で歩くのがつらいほどですごく楽しかったんです。……その子供の頃の体験がこんな話に変わるとは、私は大切な思い出を汚《けが》してしまったのか？　……まあ楽しかったから良いか。

そう言えばビルの配置は最初はそれなりに考えてたんですが、わけわかんなくなったので途《と》中《ちゅう》からスルー。オチにおおかみさんを無理に持ってこようとしたからわけわからなくなったんですが、オチを気に入ってたのでそのまま強行しました。小説ならではの荒技《あらわざ》です。

一応展開的にはおおかみさんVS亮士《りょうし》くんとかにしたかったんですが……本編の通り何をどう考えても勝負にならないという結論に。あと、アリスさんが生き生きしてました。そう言えばアリとキリギリスの話もそろそろ書かないとな……一応話は大体決まっているんですが。

魔女《まじょ》さんはこういうときには使い勝手の良いキャラ。必要なときに紙一重《かみひとえ》な頭の良さを発揮したり、便利な道具を開発したりと縁《えん》の下の力持ちな感じです。逆にメインにはもってきづらいキャラでもあります。なぜなら何考えてるんだか書いてる私にもわかんない。

あ、そう言えば足フェチAさん辺りが頭取《とうどり》さんの変装なんじゃないかな〜と思います。


【白雪《しらゆき》さんとりんごさんの話〜元ネタ、白雪姫《ひめ》】


前々から匂《にお》わしていたりんごさんの問題が解決しました。キャラ設定をしたときから大体こんな感じで考えてました。でも、解決しても毒のあるキャラは変わりませんのでご安心を。あれは小さな頃から培《つちか》ったりんごさんの性格なので。なんだか、ぶりっこの英才教育を受けてますし。

白雪さんは毒を加えて変な進化をとげたりんごさんと違って、まんま白雪姫を持ってきたイメージです。すごい美人で、ちょっと抜《ぬ》けてる食いしん坊《ぼう》のお人好《ひとよ》し。食いしん坊設定は、怪《あや》しげな婆《ばばあ》からもらったりんごを食うなよという誰《だれ》もがつっこんだであろうあのエピソードからです。

こびとのませガキどもは7人で一つのキャラみたいな感じで書きました。書き分けてもわけわかんなくなりそうでしたし、必要も感じなかったので。何組かに分けようかとも思いましたが、これもややこしくなるのでやめました。海外では七つ子の例があるみたいですし。

話としては……なんだか疲《つか》れました。現代に当てはめようとするとややこしくて……どろどろ離婚《りこん》再婚で、慰謝料《いしゃりょう》やら養育費がどうのと。そんなことまで詳しく書いていくと話の本筋からそれてしまいそうなのでスルー。それに比べたら童話の世界は着の身着のまま追い出しますし、シンプルこの上ないです。

このあたりはもう、おかしなところがあったとしても、この世界はそうだと脳内で完結させていただければありがたいです……すいません。

それはそうと、この話はおおかみさんと亮士《りょうし》くんのツーショットが多くてなんだか新鮮《しんせん》でした。まあ、この話はりんごさんのためにがんばるおおかみさんと亮士くんの話でもありますしね。

クライマックスのキスで目覚める場面はお約束だけども人工呼吸で良いだろう。水場に行くなら水着出るしね～というわけでどうにかこうにか溺《おぼ》れさせて、猟師《りょうし》役の亮士くんに助けさせて……とここまで考えたところで問題発生。王子様いないじゃん。というわけで毒りんごがキスをすることに……こうなるとのどに詰《つ》まってた毒りんごが自力で出てきた感じですか？でも、元の童話にもキスじゃなくて棺桶《かんおけ》で運ばれてる最中に衝撃《しょうげき》でのどに詰まってたりんごが飛び出して生き返ったなんてバージョンもあったはずだしまあいいかなと。

……なんだか、ここまで言い訳と愚痴《ぐち》ばかりなので、お気に入りのシーンでも書きましょうか。白雪《しらゆき》さんの話では、おおかみさんのところに急に玉《ボール》が来た辺りはお気に入りです。にゅ。

【エピローグ、おおかみさんが少し恥《は》ずかしい夢を見る話】

色々考えておおかみさんが少しだけ前へ進むことになりました。でもじわじわとしか進みません。この巻ではおおかみさんの毛皮脱《ぬ》げまくりでしたが、それでもあんまり進みません。おおかみさんが劇的に変わるところは一番盛り上がる場所だと思うので最後に回したいのです。

これは亮士くんにも言えますが。

それがいつ頃《ごろ》になるかですが、おおかみさんシリーズは童話を元にしているので、あんまり長くは続かないと思います。ある程度有名な童話をモチーフにしないと面白《おもしろ》さが半減すると思うんですよね、最低でもタイトルくらいは知っていてもらいたいですし……有名さは私の独断と偏見《へんけん》ですが。でもすぐに終わるということもないと思います。後何冊かは書く予定があって……それ以上は売り上げ次第かな？（要するにたくさん読みたいなんて思ってる方がいてくださったら、買ってくださいおねがいしますと言ってます）個人的にはもう少しおおかみさんたちを書いていたいところではあります。書いてててすごく楽しいので。

それではこの辺りでお世話になった方々への感謝を。

担当の高林《たかばやし》さん。なんというかいつも通りご迷惑をおかけしました……すいません。そして心の底からありがとうございます。つっ次こそは……

イラストのうなじさん。すばらしいイラストをありがとうございます。うなじさんのイラストあってのオオカミさんシリーズです。私もイラストの出来に負けないよう頑張《がんば》ります。

この本が出るにあたりご尽力《じんりょく》をくださった皆様《みなさま》、ありがとうございます。おかげさまで無事また一冊本を出すことができました。

そして、この本を読んでくださった皆様、本当にありがとうございます。皆様がこの本を読んで少しでも嫌《いや》なことを忘れたり愉快《ゆかい》な気分になってくだされば、とてもうれしいです。

次は……アリとキリギリスか長靴《ながぐつ》を履《は》いた猫《ねこ》か地蔵《じぞう》さんの話かそのほかの話か……でお会いできたらと思います！　要するにまだ微妙《びみょう》に決まってないので、書きそうなのを並べただけっ!!　……すいません。ただ、萌《も》え燃え笑いちょっといい話で構成しているつもりのオオカミさんシリーズなので、次は最近足りない気がする燃えを前面に押し出したいなとは思ってます。

…………どうなるかはわかりませんが!!　ではでは!!

沖田《おきた》　雅《まさし》

◉沖田 雅著作リスト

「先輩とぼく」(電撃文庫)
「先輩とぼく2」(同)
「先輩とぼく3」(同)
「先輩とぼく4」(同)
「先輩とぼく5」(同)
「先輩とぼく0」(同)
「オオカミさんと七人の仲間たち」(同)
「オオカミさんとおつう先輩の恩返し」(同)
「オオカミさんと〝傘〟地蔵さんの恋」(同)
「オオカミさんとマッチ売りじゃないけど不幸な少女」(同)

本書に対するご意見、ご感想をお寄せください。

■

あて先

〒101-8305 東京都千代田区神田駿河台1-8 東京ＹＷＣＡ会館
メディアワークス電撃文庫編集部
「沖田 雅先生」係
「うなじ先生」係

■

電撃文庫

オオカミさんと毒《どく》りんごが効《き》かない白雪姫《しらゆきひめ》

沖田《おきた》 雅《まさし》

発行 二〇〇八年二月二十五日 初版発行

発行者 久木敏行

発行所 株式会社メディアワークス
〒一〇一-八三〇五 東京都千代田区神田駿河台一-八
東京YWCA会館
電話〇三-五二八一-五二〇七(編集)

発売元 株式会社角川グループパブリッシング
〒一〇二-八一七七 東京都千代田区富士見二-十三-三
電話〇三-三二三八-八六〇五(営業)

装丁者 荻窪裕司(META+MANIERA)

印刷・製本 旭印刷株式会社

落丁・乱丁本はお取り替えいたします。
定価はカバーに表示してあります。

ISBN978-4-8402-4160-1 C0193

電撃文庫創刊に際して

文庫は、我が国にとどまらず、世界の書籍の流れのなかで〝小さな巨人〟としての地位を築いてきた。古今東西の名著を、廉価で手に入りやすい形で提供してきたからこそ、人は文庫を自分の師として、また青春の想い出として、語りついできたのである。

その源を、文化的にはドイツのレクラム文庫に求めるにせよ、規模の上でイギリスのペンギンブックスに求めるにせよ、いま文庫は知識人の層の多様化に従って、ますますその意義を大きくしていると言ってよい。

文庫出版の意味するものは、激動の現代のみならず将来にわたって、大きくなることはあっても、小さくなることはないだろう。

「電撃文庫」は、そのように多様化した対象に応え、歴史に耐えうる作品を収録するのはもちろん、新しい世紀を迎えるにあたって、既成の枠をこえる新鮮で強烈なアイ・オープナーたりたい。

その特異さ故に、この存在は、かつて文庫がはじめて出版世界に登場したときと、同じ戸惑いを読書人に与えるかもしれない。

しかし、〈Changing Time, Changing Publishing〉時代は変わって、出版も変わる。時を重ねるなかで、精神の糧として、心の一隅を占めるものとして、次なる文化の担い手の若者たちに確かな評価を得られると信じて、ここに「電撃文庫」を出版する。

1993年6月10日
角川歴彦